PONTE DAS ALMAS

Obras da autora publicadas pela Editora Record:

Série Vilões
Vilão
Vingança

Série Os Tons de Magia
Um tom mais escuro de magia
Um encontro de sombras
Uma conjuração de luz

Série A Guardiã de Histórias
A guardiã de histórias
A guardiã dos vazios

Série Cidade dos Fantasmas
A cidade dos fantasmas
Túnel de ossos
Ponte das almas

A vida invisível de Addie LaRue

V. E. SCHWAB

PONTE DAS ALMAS

Tradução
Carolina Simmer

2ª edição

Galera
RIO DE JANEIRO
2022

| **PREPARAÇÃO** | **REVISÃO** | **TÍTULO ORIGINAL** |
| Fernanda Barreto | Mauro Borges | *Bridge of Souls* |

CIP-BRASIL. CATALOGAÇÃO NA PUBLICAÇÃO
SINDICATO NACIONAL DOS EDITORES DE LIVROS, RJ

S425p
2. ed.

Schwab, V.E
Ponte das almas / V.E Schwab ; tradução Carolina Simmer. - 2. ed. - Rio de Janeiro : Galera Record, 2022.

(Cidade dos fantasmas; 3)

Tradução de: Bridge of Souls
Sequência de: Túnel de ossos
ISBN: 978-65-5981-132-8

1. Ficção americana. I. Simmer, Carolina. II. Título. III. Série.

22-76446

CDD: 813
CDU: 82-3(73)

Meri Gleice Rodrigues de Souza - Bibliotecária - CRB-7/6439

Copyright © 2019 by Victoria Schwab

Todos os direitos reservados.

Proibida a reprodução, no todo ou em parte, através de quaisquer meios.
Os direitos morais da autora foram assegurados.

Texto revisado segundo o novo Acordo Ortográfico da Língua Portuguesa.

Direitos exclusivos de publicação em língua portuguesa somente para o Brasil
adquiridos pela
EDITORA RECORD LTDA.
Rua Argentina, 171 - Rio de Janeiro, RJ - 20921-380 - Tel.: (21) 2585-2000,
que se reserva a propriedade literária desta tradução.

Impresso no Brasil

ISBN 978-65-5981-132-8

Seja um leitor preferencial Record
Cadastre-se e receba informações sobre nossos
lançamentos e nossas promoções.

Atendimento e venda direta ao leitor
sac@record.com.br

Para as crianças que não se intimidam com as sombras,
mesmo quando sentem medo.

"Como eu não podia esperar pela morte — ela teve a bondade de esperar por mim."
— *Emily Dickinson*

PARTE UM
AÇÚCAR E CAVEIRAS

CAPÍTULO UM

Consigo pensar em tantas maneiras legais de acordar.

Com o aroma de panquecas no verão ou com a primeira brisa fresca do outono. No conforto preguiçoso após um dia de neve, o mundo cercado por cobertores. Quando acordar é fácil e tranquilo, há uma transição vagarosa do sonho para a luz matinal.

E, então, existe *esta* opção:

Cortinas sendo escancaradas para o sol brilhante, e o peso repentino de um gato enorme aterrissando no peito.

Solto um gemido, me forço a abrir os olhos e encontro Ceifador me encarando com uma pata preta pairando em meu rosto.

— Sai — resmungo, girando até o gato desabar de lado sobre os lençóis.

Ele me lança um olhar amargurado, solta um suspiro felino delicado e se afunda ainda mais na cama.

— Hora de acordar! — exclama minha mãe em uma voz animada demais, levando em consideração que chegamos ontem à noite e meu corpo não tem a menor ideia de que horas são.

Minha cabeça lateja, e não sei se é pela diferença de fuso horário ou por causa dos fantasmas.

Puxo os lençóis de novo, tremendo com o frio mentiroso do ar--condicionado do hotel, que passou a noite inteira zumbindo. Minha mãe abre a janela; porém, em vez de uma brisa, um bafo quente invade o quarto.

O ar parece grudento com o calor do verão.

Em algum lugar da rua, uma pessoa canta com a voz desafinada, e o som de um trombone surge para acompanhá-la. Alguém solta uma gargalhada. Ouço o baque de um objeto misterioso, que soa como o barulho de uma panela vazia caindo.

Mesmo às dez da manhã, Nova Orleans é barulhenta.

Sento com meus cachos embolados e olho ao redor, grogue de sono. Ahn.

Ontem à noite, quando chegamos, não fiz muita coisa além de lavar o rosto e me jogar na cama. Mas, agora que estou acordada, me dou conta de que nosso hotel não é o lugar mais normal do mundo. Não que a gente tenha ficado em lugares "normais" durante a viagem, mas o hotel Kardec é especialmente estranho.

Minha cama fica no canto, sobre uma plataforma pequena. Há uma área com sofás que separa meu espaço da cama com dossel gigantesca que meus pais reivindicaram do outro lado do cômodo. Porém essa não é a parte esquisita. Não, o problema é que o quarto inteiro é decorado em tons intensos de roxo e azul-escuro, com detalhes dourados, tudo adornado com seda e veludo, como o interior da tenda de uma vidente. Os puxadores de gaveta e os ganchos nas paredes têm formato de mãos: dedos entrelaçados ou as palmas para cima, se esticando.

Deixamos nossas malas empilhadas sobre o piso de madeira encerada, as roupas jogadas por causa de nossa ansiedade em colocar pijamas e desmaiar de sono depois do voo. E ali, no centro do caos, entre o nécessaire da minha mãe e a bolsa da minha câmera, está sentado Jacob Ellis Hale, meu melhor amigo e fantasma oficial.

Jacob me assombra desde o verão passado, quando caí em um rio e ele salvou a minha vida. Juntos, nós enfrentamos espíritos na Escócia, *poltergeists* em Paris, cemitérios e catacumbas, e muito mais.

Ele está de pernas cruzadas, com os cotovelos apoiados nos joelhos e uma revista em quadrinhos aberta à sua frente, no chão. Enquanto observo, as páginas *viram*.

Poderia ser o vento, mas minha mãe já fechou a janela.

E as páginas só viram para um lado, mais ou menos no ritmo em que um garoto leria um livro.

Nós dois sabemos que ele não deveria conseguir fazer isso.

Uma semana atrás, ele não conseguia, e agora...

— Anda, Cass — diz minha mãe. — Se apresse com isso.

Só começaremos as filmagens à noite, então estou abrindo a boca para reclamar quando meu pai acrescenta:

— Vamos encontrar nosso guia no Café du Monde.

Eu me animo, curiosa. Em todos os lugares que visitamos para gravar o programa dos meus pais, tivemos um guia diferente. Alguém que conhece a cidade de verdade — inclusive os segredos. Fico me perguntando como será o guia daqui. Se é cético ou se é crédulo.

Na outra extremidade do quarto, meus pais andam de um lado para o outro, se arrumando. Minha mãe limpa um resto de espuma de barbear na mandíbula do meu pai. Ele a ajuda com o fecho de uma pulseira.

Neste instante, os dois ainda são meus pais: desajeitados, nerds e fofos. Mas à noite, quando as câmeras forem ligadas, eles se transformarão em algo diferente: os Espectores, investigadores paranormais que viajam pelo mundo para caçar fantasmas, épicos.

— A sua vida é bem épica — diz Jacob sem olhar para cima. — Ou bem estranha, pelo menos. Nunca entendi por que as coisas se tornam *épicas*...

Jacob Ellis Hale, melhor amigo, fantasma oficial e fofoqueiro de plantão.

Ele levanta as mãos.

— Não é minha culpa se você pensa alto demais.

Pelo que eu entendi, a capacidade de Jacob ler mentes está ligada ao fato de ele ter me tirado do mundo dos mortos e de eu tê-lo puxado para o mundo dos vivos, meio que grudamos. Feito chiclete no cabelo.

Jacob franze a testa.

— Eu sou o *chiclete*?

Reviro os olhos. A injustiça é que eu também devia conseguir ler os pensamentos dele.

— Talvez meus pensamentos sejam silenciosos — diz ele.

Talvez a sua cabeça simplesmente seja vazia, penso, mostrando a língua.

Ele faz uma careta.

Eu solto uma risada.

Meus pais se viram e olham para mim.

— Desculpa. — Dou de ombros. — É só o Jacob.

Minha mãe sorri, mas meu pai levanta uma sobrancelha. Entre os dois, minha mãe é quem acredita nas coisas, apesar de eu não saber direito se ela acredita no Jacob-o-fantasma ou no Jacob-o-amigo--imaginário-e-desculpa-conveniente-para-sua-filha-se-meter-em-tanta--encrenca. Meu pai com certeza *não* acredita em nada e acha que estou ficando grande demais para ter um amigo imaginário. Eu concordo. Só que Jacob não é nada imaginário, apenas invisível, e não tenho culpa se meus pais não conseguem enxergá-lo.

Por enquanto.

Penso nas palavras da forma mais silenciosa possível, mas Jacob escuta mesmo assim. Apesar disso, ele não parece detectar minha apreensão com a ideia, porque se levanta e sorri.

— Sabe de uma coisa? — diz ele, baforando no vidro da janela. — Talvez eu consiga...

Ele leva o dedo indicador à mancha e franze o cenho, se concentrando, enquanto desenha um *J*. Para a minha surpresa — e pavor —, a letra aparece no vidro.

Pulo da cama, apago aquilo antes que meus pais vejam.

— Estraga-prazeres — resmunga ele, mas a última coisa de que preciso é que minha mãe e meu pai descubram que Jacob *é* real, ou que eu quase morri, ou que ando passando cada segundo do meu tempo livre caçando fantasmas. Por algum motivo, acho que eles não ficariam muito contentes.

Senta, fica, ordeno antes de entrar no banheiro para me vestir.

Prendo o cabelo em um coque bagunçado e tento não pensar no fato de que é impossível negar que meu amigo está se tornando cada vez mais forte.

Tiro meu colar de baixo da camisa e analiso o pingente de espelho. Um espelho para mostrar a verdade. Um espelho para lembrar os espíritos de que eles estão mortos. Um espelho para imobilizá-los e me ajudar a quebrar sua espiral e mandá-los embora.

Meu reflexo me encara de volta, hesitante, e tento não pensar no Véu nem no motivo pelo qual os fantasmas deveriam permanecer do outro lado. Tento não pensar no que acontece com espíritos que se tornam reais o suficiente para tocar nosso mundo. Tento não pensar em minha amiga Lara Chowdhury, que disse que é o *meu* trabalho mandar Jacob adiante antes que ele se torne perigoso demais, antes, antes... Tento não pensar nos meus sonhos em que Jacob tem olhos vermelhos, destrói o mundo ao seu redor, sem se lembrar de mim, sem se lembrar de *si mesmo*, e preciso escolher entre salvar meu melhor amigo ou todo o restante. Tento não pensar em nenhuma dessas coisas.

Em vez disso, termino de me arrumar e, quando saio, Jacob está esparramado no chão, diante de Ceifador, distraído com o que parece ser uma competição para ver quem para de encarar o outro primeiro. Lembro a mim mesma que Jacob é Jacob. Ele não é um fantasma comum. É meu melhor amigo.

Jacob afasta o olhar e se vira para mim. Sei que ele consegue escutar meus pensamentos, então me foco em Ceifador.

O rabo preto do gato balança preguiçosamente de um lado para o outro, e fico me perguntando, não pela primeira vez, se gatos — mesmo os que são completamente preguiçosos e inúteis — conseguem ver além daquilo que os olhos mostram, se conseguem sentir o Véu e os fantasmas além da mesma forma que eu.

Tiro minha câmera do chão, penduro a alça roxa em meu pescoço e coloco um novo rolo de filme. Meus pais me pediram para documentar os bastidores do programa. Como se eu já não estivesse ocupada o suficiente, tentando evitar que fantasmas maliciosos semeiem o caos.

Mas é aquilo: todo mundo precisa de um hobby.

— Eu recomendo videogames — diz Jacob.

Olho para ele através do visor, ajeitando o foco. Porém, mesmo quando a sala embaça, Jacob permanece igual. Ele sempre fica nítido e distinto.

A câmera, como tudo na minha vida, é um pouco esquisita. Ela estava comigo quando quase morri afogada e, desde então, passou a enxergar *mais*.

Assim como eu.

Sigo com meus pais e Jacob para o corredor, cuja decoração reproduz o mesmo estilo do quarto: tons intensos de roxo e azul, castiçais com formato de mão presos às paredes. A maioria segurando luzes, porém um ou outro está de mãos vazias.

— Bate aqui fantasmagórico — diz Jacob, batendo em uma das palmas abertas.

Ela balança um pouco, ameaçando cair, e o encaro com um olhar recriminador. Ele abre um sorriso envergonhado.

Para chegar ao térreo, preferimos ignorar o sinistro elevador de ferro forjado em que só cabe uma pessoa e descemos por uma escada de madeira curva.

O teto do saguão exibe a pintura de uma mesa e cadeiras vazias, como se eu estivesse de ponta-cabeça, olhando para baixo — me deixando tonta.

Sinto como se alguém me observasse e, ao me virar, vejo um homem em uma alcova, espiando por trás de uma cortina. Somente quando me aproximo, vejo que não é um homem, mas uma estátua de cabeça e peito: um busto de cobre. Ele tem cavanhaque, costeletas e um olhar intenso, que me observa.

A placa na base de mármore me diz que se trata do Sr. Allan Kardec. Jacob se apoia nele.

— Que sujeito ranzinza — diz ele, mas discordo.

O Sr. Kardec está franzindo o cenho, mas do mesmo jeito que meu pai faz quando está muito concentrado. Minha mãe chama de sua cara de relógio, porque consegue ver as engrenagens girando por trás dos olhos dele.

Porém, há algo sinistro no olhar da estátua. Noto que os olhos não são feitos de cobre, mas de vidro: esferas escuras riscadas com filetes de cinza.

Minha mãe me chama, e, ao me virar, vejo que ela e meu pai me esperam na porta do hotel. Jacob e eu nos afastamos do olhar fantasmagórico da estátua.

— Prontas? — pergunta meu pai, empurrando a porta.

E saímos para o sol.

* * *

O calor me acerta como uma bola de chumbo.

No norte do estado de Nova York, onde moramos, o sol de verão é quente, mas as sombras permanecem frescas. Aqui, o calor é líquido, até nas sombras, e o ar parece uma sopa. Balanço os braços e sinto a umidade se agarrar à minha pele.

Mas o calor não é a única coisa que chama minha atenção.

Uma carruagem guiada por cavalos passa retumbando por nós. Um carro fúnebre segue na direção contrária.

E nem estou dentro do Véu. Esta é a versão vivinha da silva de Nova Orleans.

Estamos hospedados no Bairro Francês, onde as ruas têm nomes como Bourbon e Royal, com quarteirões pequenos e curtos, e varandas com grades de ferro fundido ocupando a fachada de todas as construções como hera. É uma mistura de cores, estilo e sons. Paralelepípedos e concreto, árvores retorcidas e barbas-de-velho. Nunca vi um lugar tão cheio de contradições.

Edimburgo, a primeira cidade que visitamos para o programa, era molhada e cinza, cheia de pedras antigas e caminhos escondidos, sua história era completamente exposta. Paris era brilhante e limpa, enfeitada de dourado, com avenidas largas, escondendo seus segredos no subsolo.

Nova Orleans é... outra coisa.

Não é o tipo de lugar que você consegue capturar em fotos.

É uma cidade barulhenta, lotada, cheia de elementos que não combinam, o som dos cascos de cavalos destoando da buzina de um carro e da melodia de um saxofone. Há muitos restaurantes, estúdios de tatuagem e lojas de roupas; porém, entre esses estabelecimentos, vejo vitrines cheias de velas e pedras, imagens de santos, placas em néon exibindo mãos com a palma virada para cima e bolas de cristal. Não sei até que ponto essas coisas são para os turistas, e o quanto são reais.

E, acima de tudo — ou melhor, *por trás* de tudo —, há o Véu, lotado de fantasmas que desejam ser vistos e escutados.

Às vezes, os espíritos ficam presos lá, capturados em uma espécie de *replay* dos seus últimos momentos, e é meu dever enviá-los adiante.

— Tenho minhas dúvidas — comenta Jacob, que prefere fingir que é completamente normal uma garota ficar escutando o *tap-tap-tap* de fantasmas e sentir a pressão constante do outro lado tentando puxá-la. — Só estou dizendo que nunca vi sua vida ficar mais *fácil* porque você mandou um fantasma embora.

Isso é verdade, mas não sobre fazer o que é mais fácil.

Sobre fazer o que é certo.

Mesmo que, vez ou outra, eu quisesse poder desligar o outro lado, não poderia.

Uma carruagem passa, toda enfeitada com plumas vermelhas e franjas douradas, eu a sigo, tentando tirar uma foto boa.

— Ei, Cass, cuidado — diz Jacob, um segundo antes de eu dar de cara com uma pessoa.

Cambaleio para trás, piscando para afastar a escuridão. Já abri a boca para pedir desculpas quando olho para cima e vejo um esqueleto em um terno preto como piche.

No mesmo instante, o mundo para.

O ar escapa completamente dos meus pulmões, Nova Orleans desaparece, e estou de volta à plataforma de metrô em Paris, no dia em que fomos embora, encarando o desconhecido do outro lado dos trilhos, me perguntando por que ninguém mais notou a caveira branca lisa por baixo do chapéu de aba larga. Estou presa dentro da minha pele, incapaz de respirar, incapaz de pensar, incapaz de fazer nada além de encarar aqueles olhos vazios conforme o desconhecido estica uma das mãos e retira a máscara, exibindo apenas escuridão.

Estou caindo, atravessando os olhos vazios, e volto para Nova Orleans quando o esqueleto ali dá um passo em minha direção, esticando a mão ossuda.

Desta vez, eu grito.

CAPÍTULO DOIS

O esqueleto se afasta.

— Calma, calma — diz ele, se encolhendo. — Foi mal, garota. — Ele ergue as mãos, se rendendo, e elas não são feitas apenas de osso, mas também de carne, as pontas dos dedos escapando das luvas cortadas. — Eu não queria assustar você.

A voz dele é tranquila, humana, e, quando ele puxa a máscara, há um rosto por trás, vivo, simpático e real.

— Cassidy! — chama minha mãe, segurando meu cotovelo. — O que está acontecendo?

Balanço a cabeça. Eu me escuto murmurar que está tudo bem, que a culpa foi minha, e que ele não me assustou. Porém, meu coração bate disparado no peito, tão alto que preenche minha audição, e preciso me forçar a respirar quando o homem se afasta. Se alguém acha estranho ver um homem vestido de esqueleto no meio da manhã, ninguém se pronuncia. As pessoas nem olham duas vezes enquanto ele segue andando pela rua, assobiando.

— Cass — diz Jacob, baixinho.

Olho para baixo e vejo que minhas mãos tremem. Seguro a capa da câmera com as duas, apertando com força até pararem.

— Tudo bem, filha? — pergunta meu pai, ele e minha mãe me encaram como se um bigode ou asas tivessem brotado em mim, transformando sua filha em um ser nervoso, frágil, estranho.

Dá para entender.

Eu sou *Cassidy Blake*.

Nunca senti muito nojo das coisas. Nem quando o nariz de uma menina da escola sangrou e ficou parecendo que ela havia derrubado um balde de tinta vermelha na blusa.

Nem quando enfiei a mão dentro do peito de um fantasma pela primeira vez e puxei os restos apodrecidos da sua força vital.

Nem quando entrei em uma cova aberta, ou caí através de uma pilha de ossos em decomposição cinco andares embaixo da terra.

Porém o esqueleto de terno preto foi diferente. A lembrança é suficiente para me fazer estremecer. Em Paris, quando o desconhecido com a máscara de caveira me encarou do outro lado da plataforma, foi como se ele olhasse através de mim. Como se eu fosse uma sala quente e agradável até ele escancarar as janelas e tudo esfriar. Nunca me senti tão mal, tão assustada, tão sozinha quanto naquele momento.

— Tipo um Demento — diz Jacob.

Pisco, me obrigando a retomar o foco.

— Quê? — pergunto.

— Sabe, aqueles monstros fantasmagóricos assustadores de Harry Potter, que sugam a sua vida, devoram sua felicidade e deixam você com frio.

Ah. Ele quer dizer um Demen*tador*.

Jacob nunca *leu* os livros, então seu conhecimento é composto apenas por trechos dos filmes e meus comentários constantes — mas, pela primeira vez, ele quase acertou.

Foi *meio* que parecido. Como se eu tivesse olhado nos olhos de algo sombrio que sugou toda luz de dentro de mim. Só que os Dementadores não existem, e aquela *coisa* em Paris, seja lá o que fosse, era real. Pelo menos, acho que era.

Ninguém mais o viu.

Nem mesmo Jacob.

Mas *pareceu* real o suficiente para mim.

— Eu acredito em você — diz ele, batendo com o ombro no meu. — Mas talvez fosse melhor você perguntar à Lara.

Essa era a *última* coisa que eu esperava ouvir de Jacob.

— Eu sei, eu sei — responde ele, enfiando as mãos nos bolsos.

Jacob e Lara não se dão muito bem. Digamos que eles possuem temperamentos diferentes: Jacob é Grifinória pura, e é inegável que Lara pertence à Corvinal. Porém, é mais complicado que isso. Lara é uma intermediária, assim como eu, e seu trabalho — assim como o meu — é enviar fantasmas para o outro lado, enquanto Jacob permanece firmemente aqui.

Ele pigarreia.

Exatamente onde deveria estar, penso, enfática.

— Escuta — diz ele —, a Lara nem sempre está certa, mas ela *sabe* de muita coisa, e talvez já tenha visto algum desses homens-esqueletos esquisitos antes.

Engulo em seco. Não sei o que vi em Paris, mas não era um homem. Ele tinha o *formato* de um, mais ou menos, com o terno preto e o chapéu de aba larga. Mas homens têm pele e sangue. Homens têm rostos por trás de máscaras. Homens têm *olhos*.

O que eu vi?

Aquilo não era humano.

Enquanto meus pais caminham na minha frente, pego o celular. Agora está no meio da tarde na Escócia, partindo do princípio que Lara continue morando com a tia. Mando uma mensagem.

> Eu: Oi, pode falar?

Em poucos segundos, ela responde.

> Lara: O que o Jacob fez agora?

— Que grossa! — resmunga ele.

Olho para a tela, tentando pensar em uma forma de perguntar sobre a figura que vi na plataforma.

Mordo o lábio, procurando as palavras certas.

— Acho que os termos ideais seriam *homem-esqueleto assustador* e *bem-vestido* e *sugador de almas* — sugere Jacob, mas gesticulo para que cale a boca.

> Eu: Existem outras coisas paranormais, né? Além de fantasmas?

> Lara: Você precisa ser mais específica.

Digito algumas mensagens, mas apago todas. Não sei o que está me fazendo hesitar. Ou talvez eu saiba.

Não posso recorrer a Lara o tempo todo. Não devia precisar fazer isso. Também sou uma intermediária. Eu deveria saber o que fazer. E, se não sei, deveria ser capaz de entender as coisas sozinha.

— Faz sentido — diz Jacob —, mas *você* não tem um tio morto que passou a vida inteira pesquisando o mundo paranormal e agora assombra a poltrona de couro da sua sala de estar.

— Não — digo, devagar —, mas eu tenho você.

Jacob abre um sorriso meio incerto.

— Sim, é óbvio. — Ele arrasta o tênis. — Mas eu não vi o tal esqueleto.

E há mais um motivo para a minha hesitação. A verdade é que não quero pensar no que vi nem em como me senti. Não quero colocar a sensação em palavras, porque, se eu fizer isso, ela se torna realidade.

> Lara: Cassidy?

Olho ao redor, em busca de outra coisa para perguntar. Uma boca pintada em um muro de tijolos sorri para mim, com duas presas afiadas escapando do lábio superior. Uma seta aponta para um beco e questiona: *Está com sede?*

Tiro uma foto com o telefone e envio.

> Eu: Verdade?

Instantes depois, Lara responde:

> Lara: Não, Cassidy, vampiros não existem de verdade.

Quase consigo ouvir seu sotaque britânico sofisticado, assim como a imagino revirando os olhos. Para uma garota capaz de circular entre o mundo dos vivos e dos mortos, Lara demonstra um ceticismo surpreendente.

Meu celular vibra de novo.

> Lara: Vocês estão em Nova Orleans? Sempre quis ir aí. É onde fica a filial mais antiga da Sociedade do Gato Preto.

Não é a primeira vez que Lara menciona a organização secreta. Quando nos conhecemos, ela estava passando um tempo em Edimburgo com a tia e o fantasma do tio. Segundo ela, em vida, o tio era membro da Sociedade, um grupo misterioso que sabe um monte de coisas sobre o mundo paranormal.

> Lara: Se eu estivesse aí, poderia fazer minha solicitação em pessoa e convencer a Sociedade a me aceitar.

> Lara: Se você achar a sede, me avisa.

Olho ao redor de novo, quase esperando encontrar uma placa indicando a Sociedade bem ali, na Bourbon Street.

> Eu: Onde ela fica?

> Lara: Não sei direito. Eles não divulgam o endereço.

Lá na frente, meu pai analisa o horário de funcionamento de um museu dedicado a venenos, no momento em que minha mãe lê uma placa anunciando sessões espíritas. Caminho até ela e observo o desenho da mão virada para cima, com uma bola de cristal pairando sobre a palma. Tiro uma foto do quadro e mando para Lara.

> Eu: E isso? É verdade?

Observo os três pontinhos que piscam indicando que ela está digitando. E digitando. Ainda digitando. Não sei por que eu esperava uma resposta simples, mas, quando a mensagem chega, ocupa a tela inteira.

> Lara: Médiuns existem, mas sessões espíritas em geral podem ser classificadas como entretenimento. O que acontece é que, ao contrário dos intermediários, os médiuns permanecem neste lado do Véu e puxam a cortina para falar com alguém do outro lado. Mas sessões espíritas prometem trazer esses espíritos para a terra dos vivos. Se eles forem fortes o suficiente para fazer a travessia, costumam escapar.

Jacob lê por cima do meu ombro, balançando a cabeça.

— Era mais fácil ela só dizer que não.

Ele está parado diante da vitrine de uma cafeteria e aperta os olhos para um reflexo que apenas nós dois enxergamos. Ele passa uma das mãos pelo cabelo, que não se move. Os fios estão sempre espetados para cima, assim como sua camisa de super-herói está sempre amassada. Nada nele nunca muda, porque seria impossível. Jacob é o mesmo desde o dia em que morreu afogado.

Fico feliz por ele ter me contado a verdade sobre o que aconteceu no rio, de verdade.

Mas não consigo parar de pensar nisso. No Jacob que nunca conheci. No que tinha dois irmãos, uma família, uma *vida*. Ele suspira e olha para mim, e percebo que estou pensando alto demais. Começo a cantarolar uma música na minha cabeça, e ele revira os olhos.

Meus pais começam a andar de novo, e Jacob e eu os seguimos. Estou prestes a voltar meu foco para as mensagens de Lara quando Jacob passa por uma porta aberta. A loja no interior está cheia de velas, tinturas e amuletos, e Jacob começa a espirrar.

— Proteções…

Atchim!

— … contra espíritos…

Atchim!

— … idiotas…

Atchim!

Pelo menos é isso que eu acho que ele disse.

Foi a mesma reação que ele teve em Paris, quando Lara mandou amuletos de proteção contra o *poltergeist*. Aparentemente, amuletos funcionam em todos os espíritos, até em melhores amigos cada vez mais corpóreos.

Tiro uma foto da loja, com a palavra vodu estampada como um fantasma no vidro, e a envio para Lara.

> Eu: Verdade?

Estou esperando a resposta quando algo chama minha atenção.

É um gato preto.

Ele está sentado na sombra de uma esquina, diante de uma loja chamada Fio & Osso, lambendo uma perna. Por um instante, me pergunto se Ceifador deu um jeito de fugir. Mas é óbvio que não é Ceifador — nunca o vi lamber nem uma patinha —, e, quando o gato olha para cima, seus olhos não são verdes, mas lavanda. Observo o gato se espreguiçar, bocejar, e então seguir trotando por um beco. É bem provável que exista um monte de gatos pretos em uma cidade como esta, mas penso na Sociedade e me pergunto se isso pode ser uma pista. Minha mãe diria que seria "meio literal demais", porém, só para garantir, tiro uma foto do gato antes de ele sumir. Estou prestes a enviá-la para Lara quando ela responde sobre a loja de vodu.

> Lara: Verdadeiro até demais.

A mensagem é acompanhada por um X0, e, por um instante, acho que ela está tentando encerrar a conversa com uma gíria de Internet, o que seria muito inusitado. Então ela explica que é uma caveira e ossos cruzados, como um vidro de veneno. Não toque.

A referência à caveira me faz pensar no esqueleto de terno. Talvez fosse melhor eu contar a Lara o que aconteceu. Mas, antes de eu conseguir digitar, ela avisa que precisa entrar em um avião, e some.

Respiro fundo e digo a mim mesma que está tudo bem. Não preciso da ajuda dela. Só porque eu vi um desconhecido com cara de caveira não quer dizer que verei outro. Uma vez é uma pane no sistema, um acidente. Não preciso me preocupar.

— Pois é — diz Jacob, parecendo incrédulo. — Tenho certeza de que vai ficar tudo bem.

CAPÍTULO TRÊS

No Café du Monde, o ar tem gosto de açúcar.

A cafeteria fica na esquina da Jackson Square: uma praça enorme, cheia de pessoas — turistas, mas também artistas de rua. Uma mulher está de pé sobre um balde virado de cabeça para baixo, completamente pintada de tinta prateada. Apesar da roupa de dançarina, ela só se move quando alguém deposita uma moeda na palma de sua mão. Um homem toca saxofone na sombra, e o som de um trompete vem do outro lado da praça. As duas melodias parecem conversar.

Pegamos uma mesa sob o toldo listrado de verde e branco. Meus pais pedem café, eu peço um chá gelado, que chega em um copo de plástico grande e suado. A bebida está extremamente gelada, mas é tão doce que faz meus dentes doerem.

Uma dúzia de ventiladores circula lentamente acima de nossas cabeças, agitando o ar sem resfriá-lo; porém, apesar do calor, é nítido que meu pai se sente à vontade.

Ele observa a praça movimentada.

— Nova Orleans é uma maravilha — diz ele. — Foi fundada pelos franceses, doada aos espanhóis, usada por piratas e contrabandistas...

Jacob e eu nos animamos diante desta última informação, mas meu pai continua.

— Foi vendida para os Estados Unidos, maculada pela escravidão, arrasada por incêndios, destruída por enchentes, mas reconstruída apesar de tudo, e estamos falando apenas da sua formação. Você sabia que a cidade tem 42 cemitérios *e* é lar da ponte mais comprida dos Estados Unidos? A ponte do lago Pontchartrain. Não dá para enxergar o outro lado da margem...

Minha mãe dá tapinhas no braço dele.

— Guarde um pouco para a gravação, querido — brinca ela, mas ele já se empolgou.

— Esta cidade tem mais história do que assombrações — diz ele. — Para começar, é o berço do jazz.

— E lar do vodu e de vampiros — diz minha mãe.

— E de pessoas *de verdade* também — insiste meu pai —, como o Pere Antoine e o Jean Lafitte...

— E o Homem do Machado de Nova Orleans — acrescenta minha mãe, radiante.

Jacob olha para mim.

— Espero mesmo que o machado seja algum tipo de instrumento e não...

— Ele fazia picadinho das pessoas — acrescenta minha mãe.

Jacob suspira.

— Óbvio que fazia.

— Em 1918, ele aterrorizou a cidade — diz meu pai.

— Ninguém se sentia seguro — continua minha mãe.

Os dois estão entrando no ritmo do programa, apesar de não haver câmeras, apenas Jacob e eu prestando atenção em cada palavra.

— Ele foi um *serial killer* — diz minha mãe —, mas adorava jazz, então mandou uma carta para a polícia explicando que não atacaria nenhum local em que uma banda estivesse se apresentando. Então, as ruas da cidade passaram semanas cheias de música, mais do que o normal. Dia e noite, o som saía dos estabelecimentos, uma cacofonia de jazz.

— Prenderam ele? — pergunto.

Minha mãe pisca, suas sobrancelhas subindo como se ela tivesse se distraído tanto com a história que nunca cogitou qual seria o final.

— Não — responde meu pai. — Nunca descobriram quem era.

Olho ao redor, me perguntando se o fantasma do Homem do Machado continua vagando pelas ruas, com a machadinha pendurada no ombro e a cabeça inclinada, buscando o som de um saxofone, de um trompete, de alguma promessa de jazz.

Minha mãe abre um sorriso.

— Olá! O senhor deve ser nosso guia.

Giro na cadeira e vejo um homem negro e jovem usando uma camisa branca de botões com as mangas dobradas até os cotovelos. Por trás dos óculos de armação metálica, seus olhos são castanho-claros com traços de verde e dourado.

— Professor Dumont — diz meu pai, se levantando.

— Por favor — diz ele em uma voz gentil, tranquila. — Podem me chamar de Lucas. — Ele aperta a mão de meu pai, depois a de minha mãe e, então, a minha, o que me faz gostar ainda mais dele. — Bem-vindos a Nova Orleans.

Ele afunda em uma cadeira de plástico diante de nós e pede um café e algo chamado *beignets*.

— Vocês estão hospedados no hotel Kardec? — pergunta ele quando o garçom vai embora.

— Estamos — responde minha mãe.

— O nome é em homenagem a alguém, né? — pergunto, me lembrando da estátua no saguão, com seu olhar distante e a testa franzida. — Quem foi ele?

Lucas e meu pai se inflam na mesma hora, os dois prestes a falar, mas então meu pai sinaliza para Lucas explicar. Ele sorri e se empertiga um pouco na cadeira.

— Allan Kardec foi o pai do espiritismo — diz ele. — Eu nunca ouvira falar de espiritismo, e Lucas deve ter percebido, porque continuou explicando: — Os espíritas acreditam no reino dos espíritos e nas... entidades que o habitam.

Jacob e eu trocamos um olhar, e me pergunto se Kardec conhecia o Véu. Talvez ele fosse um intermediário.

— Sabe — continua Lucas —, Kardec acreditava que espíritos, ou fantasmas, se você preferir, existiam lá, nesse outro lugar, mas que poderíamos entrar em contato com eles através de médiuns.

— Como em uma sessão espírita? — pergunto.

— Exato — diz Lucas.

E, de repente, a decoração do hotel faz sentido. As cortinas de veludo, as mãos esticadas, a pintura no teto do saguão... as mesas e cadeiras, vazias e aguardando.

— O hotel tem uma sala para sessões espíritas — acrescenta Lucas. — Tenho certeza de que vocês podem marcar uma.

— Sim! — exclamamos minha mãe e eu ao mesmo tempo que Jacob diz não, mas, como sou a única capaz de escutá-lo, seu voto é nulo.

Um prato chega com uma pilha de doces fritos cobertos de açúcar de confeiteiro. Não estão exatamente cobertos, mas enterrados embaixo do açúcar, que forma montanhas de neve sobre os montes de massa.

— O que é isso? — pergunto.

— *Beignets* — responde Lucas.

Pego um, a massa frita quente sob meus dedos, e dou uma mordida.

O *beignet* derrete um pouco na minha boca, pura massa quente e açúcar, mais crocante que um donut e com o dobro de doçura. Tento dizer que é delicioso, mas minha boca está cheia demais, e acabo bufando uma nuvenzinha de açúcar. Que *perfeição*.

Jacob encara o *beignet* com um ar pesaroso e eu enfio o restante na boca. Ele cruza os braços e murmura algo que soa como:

— Não é *justo*.

Lucas pega um e, de alguma forma, consegue comer sem se sujar de açúcar, algo que só pode ser um superpoder. Até mesmo meu pai, que é meio maníaco por limpeza, precisa limpar um pouco de açúcar da manga da blusa.

Minha mãe, por outro lado, parece ter atravessado uma nevasca. Ela tem açúcar salpicado no nariz e no queixo; tem até mesmo um pouco na testa. Tiro uma foto, e ela pisca para mim.

Minha própria camisa está toda branca, e sinto as mãos grudentas, mas valeu muito a pena.

— Bem, professor Dumont — diz minha mãe, limpando as mãos. — Você acredita em fantasmas?

Nosso guia entrelaça os dedos.

— É difícil morar em um lugar como este e não acreditar em nada, mas prefiro me concentrar na história.

É uma resposta bastante diplomática.

— Melhor do que o meu marido — diz minha mãe. — Ele não acredita em nada.

Lucas ergue uma sobrancelha.

— É mesmo, professor Blake? Mesmo depois de todas as suas viagens?

Meu pai dá de ombros.

— Como você disse, prefiro me concentrar na história. Pelo menos sei que essa parte é verdadeira.

— Ah — diz Lucas. — Mas a história é escrita pelos vencedores. Como podemos saber se algo realmente aconteceu se não estávamos lá para ver? Nós, todos nós, não passamos de especuladores...

Então, meu pai e Lucas iniciam um debate intenso sobre a "lente da história" (meu pai) e o passado como um "documento vivo" (Lucas), e paro de prestar atenção.

O fichário do programa está sobre a mesa, a capa coberta de açúcar. Puxo-o para perto, passando as páginas da Escócia e da França até chegar ao terceiro episódio, marcado por uma única etiqueta vermelha.

OS ESPECTORES
EPISÓDIO TRÊS
LOCAÇÃO: NOVA ORLEANS, LOUISIANA
"TERRA DAS ALMAS PERDIDAS"

— Nossa, que promissor — diz Jacob, lendo por cima do meu ombro enquanto dou uma olhada na lista dos locais de filmagem.

1) PLACE D'ARMES
2) RESTAURANTE MURIEL'S
3) ST. LOUIS Nº 1, Nº 2, Nº 3
4) CEMITÉRIO LAFAYETTE
5) ANTIGO CONVENTO DAS URSULINAS
6) MANSÃO LALAURIE

Tudo parece bastante inocente, mas sei que as aparências enganam. Quando os *beignets* acabam e os copos ficam vazios, todos nos levantamos. Lucas bate as mãos para limpá-las, apesar de não ter nem um grão de açúcar nelas.

— Nos vemos à noite? — pergunta meu pai.

— Com certeza — diz Lucas. — Acho que vocês vão descobrir uma cidade diferente depois que anoitecer.

* * *

Naquela noite, encontramos Lucas no saguão do hotel, junto com a equipe de filmagem: um cara e uma garota, uma dupla destoante, conectada apenas pelas câmeras que seguram. Eles se apresentam como Jenna e Adan. Jenna é pequena, falante e branca, tem as pontas do cabelo preto pintadas de um azul vibrante e uma dúzia de cordões de prata pendurados no pescoço. Adan é um homem altíssimo, gigante, que usa uma camisa preta e exibe tatuagens em cada centímetro de sua pele escura.

Ele percebe que estou encarando os desenhos e se estica para eu conseguir observar a cruz cristã no seu bíceps, o olho de Hórus no antebraço e o pentagrama perto do cotovelo. Não reconheço alguns dos símbolos — um nó de triângulos dentro de um círculo e uma marca preta grande que parece a pata de um corvo.

— É um algiz — diz ele. — Uma runa.

Então ele explica que não é uma pata de corvo, mas de alce. Observo os outros símbolos. Já vi algumas pessoas usando um ou dois deles, mas Adan tem pelo menos sete.

— Para que tantos? — pergunto.

— Proteção — explica ele.

Um calafrio percorre meu corpo no momento em que minha própria mão encontra o espelho que carrego no pescoço.

— Contra o quê?

Ele dá de ombros.

— Tudo.

Jenna se inclina para a frente e dá um tapinha no braço dele.

— O Adan gosta de estar preparado. — A voz dela diminui para um sussurro falso. — Ele não é muito fã de tomar susto.

— Continue brincando — diz Adan. — No dia em que der de cara com um fantasma, vai me entender.

Jenna solta um suspiro dramático.

— Quem me dera! — diz ela, fazendo beicinho. — Ninguém nunca me assombrou. — Os olhos dela passam para meu pingente de espelho. — Colar maneiro.

— Obrigada — digo, enroscando-o nos meus dedos.

Jacob se contrai quando o espelho gira em sua direção, e fecho a mão sobre o vidro antes de ele ver seu reflexo. Aconteceu uma vez, na Escócia. Ainda consigo ver a imagem dele refletida: cinza, pingando água do rio, inegavelmente morto.

Jacob pigarreia, e forço um sorriso.

— Prontos? — pergunta Lucas, sua voz firme e séria, como se a resposta pudesse ser não.

Saímos do hotel Kardec, e o Véu se ergue para me recepcionar. Sem o brilho e o calor do sol, a pressão dos fantasmas é ainda mais forte, tamborilando no meu crânio, nadando nos cantos da minha visão.

Músicas escapam de bares e esquinas, mas consigo escutar a melodia *por baixo* delas. Tentáculos fantasmagóricos de jazz se esticam pela brisa morna.

Minha mãe aperta meu ombro.

— Está ouvindo? — pergunta ela, seus olhos dançando. — A cidade está acordando.

Tenho quase certeza de que não estamos escutando as mesmas coisas, mas, mesmo assim, ela tem razão.

E Lucas também tinha.

Nova Orleans *é* uma cidade diferente depois que anoitece.

O calor diminuiu para um clima abafado preguiçoso, mas nada é sonolento no Bairro Francês. As ruas burburinham com pessoas, grupos caminhando por calçadas, bebendo e cantando.

Risadas se espalham pelas ruas, gritos alegres escapam de portas abertas, instrumentos de jazz lutam por seu espaço, e, por baixo de tudo, há o Véu. É como se o mundo dos vivos e o mundo dos mortos colidissem ao meu redor.

Passamos por um grupo em um tour de vampiros — todos carregavam bebidas cheias de gelo, o líquido vermelho-sangue tingindo suas bocas, e usavam presas de plástico branco, a energia feliz indo de encontro à inspiração do passeio.

Estou tão distraída que quase acerto Adan, que parou na calçada com a câmera erguida. As filmagens começaram.

Minha mãe e meu pai estão parados diante de um prédio de tijolos vermelhos que é nitidamente um hotel. Ele possui uma varanda de ferro fundido e uma placa branca que diz PLACE D'ARMES. À direita, há um arco grande o suficiente para uma carruagem passar, fechado por um portão de ferro.

Nada especial, nada esquisito. Mas, quando olho através do arco, para o espaço ao fundo coberto por sombras, os pelinhos da minha nuca se arrepiam, e o Véu pressiona minhas costas como palmas de mãos.

Sei que, se eu não tomar cuidado, ele vai me empurrar.

— Aqui em Nova Orleans — diz meu pai, falando para a câmera —, quase tudo que vemos foi construído sobre as ruínas de outra coisa. O Bairro Francês foi destruído por incêndios em duas ocasiões: a primeira em 1788, e a segunda apenas seis anos depois. Desde então, as chamas assolaram a cidade inúmeras vezes, desolando cômodos, prédios e quarteirões inteiros.

— Talvez seja por isso que a cidade é tão assombrada — reflete minha mãe. — Um dos motivos, pelo menos. Todo lugar em que você pisa ou permanece já foi lar de alguma coisa, e de alguém, no passado.

— Como esse hotel, por exemplo — diz meu pai, gesticulando para a construção às suas costas. — O Place d'Armes.

Minha mãe apoia uma das mãos no portão de ferro.

— Muito antes de se tornar um hotel — diz ela —, ele foi uma escola. Quando o incêndio assolou o Bairro Francês, muitos alunos ficaram presos lá dentro. — Os olhos dela encontram a câmera. — E nunca saíram.

Estremeço, apesar do calor de verão.

O portão range ao se abrir sob a mão de minha mãe e, juntos, ela e meu pai se viram, saem da luz do poste e seguem para a escuridão.

— Vamos esperar aqui — pede Jacob, mas já estou seguindo os dois pelo arco.

Jacob suspira e vem atrás de mim, arrastando os pés.

Assim que passo pelo portão, o Véu me recebe. Fumaça faz cócegas nas minhas narinas, escuto uma onda de risadas e o som de passos pequenos.

— *Se esconde* — sussurra uma voz.

— *Aí, não* — chia outra.

Estico a mão para me apoiar na parede mais próxima e o Véu me segue para alcançá-la, se enroscando no meu pulso. Escuto risadas, o som agudo das vozes infantis no escuro.

Então, do nada, surge outra voz. Não soa como as outras, fracas e distantes. Ela está mais perto. É baixa e grave, nada infantil, quase não parece uma voz, por ser mais parecida com uma lufada de vento ou com o ranger de uma porta se abrindo.

— *Nós vamos pegar você.*

Arfo e giro o braço para me libertar, empurrando a parede e cambaleando para trás, batendo em Lucas.

Ele olha para baixo, questionando em silêncio se estou bem.

Concordo com a cabeça, apesar de meu coração estar disparado. Apesar de aquela voz ter me acertado feito uma pedra, afiada e errada, fazendo eu me sentir... fria.

Você escutou aquilo?, penso, esperando uma resposta de Jacob, que está com os braços firmemente cruzados sobre o peito.

— As crianças assustadoras? — pergunta ele.

Nego com a cabeça. *A outra voz.*

Ele franze a testa e balança a cabeça negativamente. De repente, mal consigo esperar para fugir do Place d'Armes e das coisas que se escondem por trás daquele muro, seja lá o que forem. Pela primeira vez, não tenho a mínima vontade de atravessar o Véu e descobrir mais.

— As crianças permanecem aqui — diz minha mãe, sua voz ecoando pelo caminho. — Os hóspedes as escutam correndo pelos corredores, e alguns encontram seus pertences em lugares diferentes quando acordam pela manhã, suas moedas e roupas empilhadas, como se fossem peças de um jogo.

— Como veremos em nossa próxima atração — diz meu pai —, nem todos os espíritos nesta cidade são brincalhões.

Nós voltamos até o arco, e Lucas puxa o portão atrás de nós. Ele fecha com um som arrastado, um suspiro. Eu devia me sentir aliviada, mas não é o caso.

Enquanto meus pais seguem pela rua, olho para o arco, apertando os olhos para a escuridão.

Levanto a câmera, olhando pelo visor, e acerto o foco até quase, *quase, quase* ver alguém parado atrás do portão. Dedinhos apertando as grades. Mas há outro vulto se agigantando por trás, uma sombra preta como piche, mais escura do que a escuridão. Ela se move para a frente, um passo repentino, brusco, e solto a câmera.

Eu a pego antes que caia no chão. Mas, quando levo o visor até meu olho de novo, a imagem está vazia.

A sombra sumiu.

CAPÍTULO QUATRO

As luzes se acenderam na Jackson Square.

Postes antiquados com lâmpadas amarelas criam sombras compridas, e um foco brilhante ilumina a grande igreja branca no canto, fazendo com que ela pareça um túmulo. A praça não está vazia, mas o clima mudou, os artistas da manhã reduzidos a um punhado de músicos, todos tocando canções tênues e perambulantes.

O Véu costuma ser uma batida ritmada, mas aqui, na noite de hoje, é como se muitos instrumentos tocassem ao mesmo tempo, cada um levemente fora do tempo ou desafinado.

O Véu se estica para me pegar, mas Jacob também.

Sinto sua mão se fechar ao redor da minha, e olho para nossos dedos. Os meus são sólidos, e os dele... são outra coisa, não mais ar nem mesmo névoa. Há um leve brilho no ponto em que nossas palmas se encontram, e juro que consigo ver a cor se infiltrando na pele dele, no ponto onde ela toca a minha: a luz, a *vida*, fluindo para ele.

— Cassidy! — chama meu pai.

Jacob solta minha mão, e nós dois nos viramos, procurando.

Meus pais não estão mais na praça. Estão parados na esquina com a equipe de filmagem, diante de um restaurante, e, por um instante, acho que chegou a hora de jantar. Mas então vejo a placa com o nome do restaurante em uma letra preta elegante.

Muriel's.

Reconheço o nome do fichário do programa, e minha curiosidade fala mais alto do que a fome.

O restaurante é igual à metade das construções no Bairro Francês: tem dois andares, com balaustrada de ferro e janelas enormes com molduras brancas. Mas sei que existe um motivo para ele estar na lista dos Espectores. Algo nos aguarda sob a superfície.

Certa vez, minha mãe me disse para encarar o programa como a pintura de uma casa antiga. Ela é coberta, camada a camada, e você talvez não saiba que uma parede azul costumava ser vermelha até descascá-la.

É isso que meus pais fazem.

Eles encontram a tinta vermelha.

A única diferença é que sabemos o histórico da casa. Sabemos onde procurar.

— E a tinta vermelha são pessoas mortas — diz Jacob.

Pois é, penso.

Entramos pelas portas, e me preparo para o Véu, mas a primeira coisa que sinto não é o tagarelar dos fantasmas, mas o vento repentino e maravilhoso do ar-condicionado. Estremeço de puro alívio, o ar noturno abafado sendo substituído pelo frio de um refrigerador.

Sinto meu corpo arfar.

O restaurante no térreo é imenso. Hera verde cai de vasos pendurados como candelabros, e grandes mesas redondas foram cobertas com toalhas brancas. Uma escada de madeira escura leva ao andar de cima.

— Ah, olha — diz Jacob, apontando para as paredes.

Todas são pintadas de vermelho. Reviro os olhos.

— É só uma metáfora — digo, mas, quando paro no hall de entrada, preciso admitir que estou começando a sentir *algo* além do ar-condicionado.

Está cedo para jantar, mas já tem bastante gente. A conversa dos clientes e o tilintar dos copos e talheres abafa o *tap-tap-tap* dos fantasmas e quaisquer sussurros por trás do Véu. Porém, o outro lado se apoia em mim, como um amigo cansado, e, quando engulo, parece que há cinzas em minha língua.

Minha mão sobe até o espelho pendurado em meu pescoço.

Desde o meu acidente, consigo ver e ouvir o outro lado. Às vezes, consigo senti-lo também. Porém, no Muriel's, sinto seu *gosto*.

E é um sabor de fumaça. Não fumaça velha, do tipo que se entranha em cortinas, mas fresca e quente. Ela queima os meus olhos e arranha a minha garganta.

Será que também aconteceu um incêndio aqui?, me pergunto. Só me dou conta de que fiz a pergunta em voz alta quando Lucas responde.

— Em 1788 — diz ele. — O Incêndio da Sexta-Feira Santa arrasou o Bairro Francês, destruindo a maioria das casas.

— De um total de 1.100 construções, 856 foram queimadas — acrescenta meu pai.

Jacob assobia baixinho ao mesmo tempo que Lucas concorda com a cabeça.

— Esta casa foi reconstruída, assim como a maioria das do Bairro Francês.

— A cidade é uma fênix — diz minha mãe. — Sempre ressurgindo das cinzas.

Fogo e cinzas.

Não é à toa que sinto gosto de fumaça.

Uma recepcionista surge para nos dar as boas-vindas. Ela parece ofegante e passa aquela impressão de *não tenho tempo de parar e bater papo*.

— Vocês devem ser os Investigadores — diz ela, analisando nosso grupo variado.

— Espectores — corrige minha mãe.

— Me avisaram que vocês trazem seu próprio material, como estou vendo, que ótimo. Estamos com a equipe reduzida hoje; então, infelizmente, não posso oferecer um guia...

— Sem problemas — disse meu pai, gesticulando para Lucas. — Trouxemos o nosso.

— Maravilha — diz ela. — Então tá, bem-vindos ao Muriel's...

E, com isso, ela bateu em retirada.

— Bom — diz Jenna com a câmera apoiada no ombro. — Onde ficam os fantasmas?

Jacob e eu trocamos olhares. Minha mãe e meu pai analisam o restaurante. Adan alterna o peso entre os pés.

Mas Lucas aponta com a cabeça para a escada de madeira escura.

— Lá em cima.

* * *

Conforme subimos a escada, o barulho do restaurante some.

Minha mãe pega seu medidor de CEM, um aparelho usado para medir energia espectral, e o liga. A caixa solta um zumbido de estática baixa.

Quando chegamos ao topo da escada, o medidor começa a zunir.

Outras pessoas encarariam isso como um aviso, mas, para minha mãe, não passa de um convite. O som aumenta enquanto ela caminha, mas tenho quase certeza de que é porque Jacob caminha próximo a ela.

O espaço no andar de cima parece um salão: há sofás de veludo macios e poltronas cheias de almofadas. Aqui é perfeitamente escuro e fresco. Minha mãe segue para uma dupla de portas entreabertas, que deixam uma luz vermelha passar pela fresta. Ela para, o medidor sobe para uma estática escandalosa.

— O que temos aqui? — cantarola ela.

— Ah — responde Lucas. — Essa é a sala de sessões espíritas.

Minha mãe solta um suspiro maravilhado. Dá um empurrãozinho nas portas, olha para nós com uma expressão travessa e entra de fininho.

Meu pai ri e a segue, com Lucas em seu encalço.

Em seguida, Jenna entra com um salto, como se fosse uma piscina.

Adan demora um pouco, solta o ar baixinho, como se criasse coragem, e então também entra na sala.

Jacob e eu permanecemos no salão.

— Aquele sofá — diz ele, apontando — parece muito confortável.

Reviro os olhos. Não estamos aqui para tirar uma soneca.

— Mas poderíamos estar — reclama ele enquanto eu caminho até as portas.

Não preciso olhar para trás para saber que ele me segue.

A sala de sessões espíritas está banhada em vermelho. Com essa iluminação, parece que entramos em um quarto escuro feito para revelar fotografias. A luz vermelho-escura ilumina *apenas* o suficiente para conseguirmos enxergar. Eu esperava encontrar uma mesa e cadeiras, como na pintura do teto de nosso hotel, mas esta sala é tão abarrotada quanto uma loja de antiguidades. Almofadas estão empilhadas em sofás antigos e poltronas adornadas. Um sarcófago egípcio foi apoiado em uma parede. Vejo a escultura de uma mulher dançando, uma luminária de piso lançando sua sombra em uma parede estampada. Há rostos em todos os cantos: um trio de máscaras venezianas sorri e faz careta. Um homem velho observa tudo de um retrato empoeirado. Duas mulheres antiquadas em vestidos elegantes olham para cima em um quadro com moldura adornada. Uma melodia metálica sussurra de uma caixa de som escondida, uma melodia sinistra, antiga.

Um espelho gigante está apoiado no chão, tão velho que se tornou prateado. Jacob o vê e afasta o olhar, mas eu paro para observar meu reflexo, meus cachos caóticos por causa da umidade, a câmera pendurada em meu pescoço. A superfície gasta me faz parecer uma foto antiga. Chego mais perto, virando o pingente de espelho em meu colar para fora, para os espelhos se encontrarem, se refletindo para sempre, até onde eu conseguir enxergar. Um túnel infinito de Cassidys.

Enquanto observo meu reflexo interminável, o mundo normal é silenciado em meus ouvidos. O som dos meus pais falando para a câmera, a melodia metálica e os barulhos distantes do restaurante parecem desaparecer quando o Véu se *apoia* em mim.

É como quando você sabe que está sendo observado por alguém. Quando *sente* o peso de um olhar. E sei que, se eu ignorar isso por tempo demais, o toque se transformará em uma mão apertando meu pulso, e irá me arrastar para o outro lado, para o mundo dos fantasmas.

Mas não posso atravessar, ainda não.

Eu me viro, dando as costas para o espelho, e guardo o pingente sob a gola da camisa.

Minha mãe e meu pai estão sentados do outro lado da sala, em um sofá bonito. Lucas encontra meu olhar e leva um dedo aos lábios. A luz vermelha na câmera de Jenna me informa que estão gravando.

Meu pai passa a mão pelo braço do sofá.

— Bem-vindos à sala de sessões espíritas do Muriel's.

— Este lugar abriga mais do que história — acrescenta minha mãe.

Meu pai se levanta.

— Não tem um passado agradável — diz ele em um tom sério, abotoando o paletó de tweed. — Como boa parte de Nova Orleans, a sombra da escravização está em tudo. Há quem diga que a primeira construção a ocupar este pedaço de terra era usada para alojar pessoas escravizadas antes de elas serem leiloadas. O prédio foi demolido, e uma mansão foi erguida no lugar, apenas para pegar fogo no grande incêndio de 1788, junto com boa parte do Bairro Francês.

Minha mãe exibe uma ficha verde, uma ficha de pôquer, e a gira preguiçosamente entre os dedos.

— Um homem chamado Pierre Jourdan comprou a propriedade e construiu a mansão dos seus sonhos, mas acabou perdendo tudo em um jogo de pôquer — diz ela. — Arrasado, Jourdan tirou a própria vida aqui em cima. Dizem que neste exato cômodo.

Por um instante, ninguém fala.

Escuto um chiado baixo escapar entre os dentes de Adan. O único outro som é aquela melodia metálica antiga e o sussurro que aumenta para encontrá-la, o murmúrio de vozes do outro lado.

— Reza a lenda que Jourdan assombra os cômodos de sua antiga casa — continua minha mãe. — Ele muda os pratos de lugar no restaurante lá embaixo, bagunça os copos no bar e, às vezes, apenas passa um tempo acomodado em uma destas poltronas. — Minha mãe se levanta com um pulo. — Mas, é evidente que ele não é o único fantasma a chamar o Muriel's de lar.

Meus pais caminham até as portas, a equipe de filmagem indo atrás.

Fico onde estou, e Lucas olha por cima do ombro, me questionando em silêncio. Finjo estar fascinada por uma das máscaras e que nem percebi que todo mundo foi embora.

— Já vou — digo, acenando para ele ir.

— Pois é — diz Jacob —, para que voltar para o restaurante legal, cheio de gente viva, quando podemos ficar aqui com essa música de filme de terror e com uma parede cheia de rostos?

Lucas demora um pouco, como se tentasse decidir o que fazer, mas, no fim, concorda com a cabeça e vai embora. É a mesma sensação do seu aperto de mão no Café du Monde. Como se ele me visse como alguém e não apenas como a filha de alguém.

Então, Jacob e eu ficamos sozinhos na sala de sessões espíritas, com o cheiro de fumaça, os sussurros nas paredes e a luz vermelha colorindo tudo.

— Cass — geme Jacob, porque ele sabe no que estou pensando.

Fogo e cinzas, e as batidas de fantasmas.

Espíritos, presos e à espera de alguém para mandá-los adiante.

Estico a mão e sinto a cortina invisível roçar meus dedos. O limite entre a terra dos vivos e o mundo dos mortos.

Só preciso fechar minha mão ao redor dela, puxar o filme cinza para o lado, e entrar.

Sei o que fazer. Porém, mais uma vez, hesito, com medo do que pode estar me esperando atrás do Véu.

Sempre existe um risco, é lógico.

Você nunca sabe o que pode encontrar.

Um espírito raivoso. Um fantasma violento. Um que deseja roubar sua vida. Ou semear o caos.

Ou pode haver outra coisa.

Um desconhecido com rosto de caveira em um terno preto elegante.

— Sabe de uma coisa? — começa Jacob. — O medo é uma reação perfeitamente racional, uma forma de o corpo dizer que você *não* precisa fazer algo.

Mas, se eu fosse esperar até o medo passar, nunca atravessaria.

O medo é parecido com o Véu. Ele está sempre ali. Cabe a você seguir em frente mesmo assim.

Minha mão viaja até o cordão na minha gola, puxo o colar, e empunho o pingente de espelho.

Observe e escute, dizemos para os fantasmas. *Veja e saiba.*

Isso é o que você é.

Bem, isto é o que eu sou.

Isto é o que eu faço.

Este é o motivo para eu estar aqui.

Seguro a cortina e puxo, entrando na escuridão.

CAPÍTULO CINCO

Por um segundo terrível, estou caindo.

Um mergulho para baixo, uma única arfada chocante de frio, meus pulmões perdem o ar...

E então volto a ficar de pé.

O Véu toma forma ao meu redor, em tonalidades mescladas de cinza. Eu também tomo forma, uma versão fantasmagórica de mim mesma, completamente desbotada a não ser pela fita azul-esbranquiçada brilhante no meu peito. Minha vida. Rasgada e remendada. Roubada e recuperada.

Pressiono a mão contra o peito, abafando a luz enquanto olho ao redor da sala de sessões espíritas. Ela ondula e muda na minha visão. A luz vermelha desapareceu, o cômodo é iluminado apenas pelo brilho suave de luminárias. As máscaras analisam tudo do alto das paredes. Os rostos das pinturas observam.

— Ah, olha, só é assustador — diz Jacob, surgindo ao meu lado.

Aqui no Véu, ele é sólido, real, outro lembrete de que não pertenço ao local.

Ele não precisava ter vindo.

Mas sempre vem.

— Regra #4 da amizade: fiquem juntos — diz ele. — Agora, você pode encontrar logo um fantasma para mandar adiante e nós voltarmos?

Como se seguisse a deixa, uma porta bate no fim do corredor.

Puxo o colar por cima da cabeça e dou alguns passos na direção do som, mas, no instante em que me mexo, minha visão duplica, embaça. A sala se multiplica, entrando e saindo de foco ao meu redor. Móveis se movem, surgindo, desaparecendo, mudando, pegando fogo... há fumaça e risadas, luz e sombras, tudo tão desnorteante que preciso fechar os olhos.

Não entendo.

Já atravessei o Véu várias vezes. Em casa, na Escócia e na França. Já vi lugares em que o Véu é vazio, em que não passa de um trecho em branco, como uma folha de papel nova. Mas isto é diferente. Há mais do que um Véu no mesmo lugar.

Lembro que meu pai explicou sobre o Muriel's, sobre como ele foi demolido e reconstruído, sobre como pertenceu a várias famílias e teve várias vidas.

E, de repente, a cena misturada e confusa faz sentido.

Porque o Véu não é *um* lugar só. É uma coleção de lugares lembrados, costurados, cada um preso a um fantasma, à sua vida, à sua morte, às suas memórias. É por isso que alguns trechos são vazios: nenhum fantasma se prende a eles.

E é por isso que este é tão cheio.

O Muriel's não pertence a apenas um fantasma.

Pertence a vários. Cada um com a própria história. E entrei em todas elas.

— Estou ficando com dor de cabeça — diz Jacob, fechando um olho, depois o outro.

Ele parece um bobo fazendo isso, mas me dá uma ideia. Solto o pingente de espelho e levanto minha câmera, olhando pelo visor. Ajeito o foco da lente até apenas uma versão da casa aparecer por vez.

Na primeira, estou na sala de sessões espíritas aveludada, cheia de tapeçarias elegantes e à meia-luz rosada.

Em outra, estou parada sobre tábuas de madeira rústicas, ouvindo o estalo e o arrastar de correntes em algum lugar lá embaixo.

Em uma terceira, o cômodo está escuro e quente, com fumaça atravessando as frestas do piso.

Não sei por onde começar.

Então, outra porta bate. Alto e perto. Ajusto o foco bem a tempo de ver um homem irromper pela porta e descer o corredor. Ele não está na construção em chamas nem no alojamento das pessoas escravizadas. Está na casa sofisticada.

— Não, não, não — murmura ele, passando a mão pelo corrimão. — Acabou.

Eu o alcanço enquanto ele vira o corredor, e o sigo para uma sala com uma mesa de pôquer, com fichas empilhadas em montanhas minúsculas diante de cadeiras vazias.

— *Acabou.*

Em um movimento violento, ele varre a mesa com o braço, espalhando as fichas. Elas caem como chuva ao seu redor. Chego mais perto, e ele se vira para me encarar.

— Tiraram tudo de mim — rosna ele, e sei que esse deve ser o Sr. Jourdan, o viciado em jogo que perdeu a casa inteira, e depois a vida.

Em outra versão da casa, alguém solta um gemido, o som é repentino e agudo. Ele me pega desprevenida, e o Sr. Jourdan aproveita esse segundo para se impulsionar para a frente e agarrar meus ombros.

— Acabou *tudo* — geme ele.

Esqueço que estou segurando a câmera, não o espelho, até erguê-la na altura do rosto dele e nada acontecer. O fantasma me encara, depois olha para a lente, e então seu olhar segue para a espiral de luz dentro do meu peito.

Algo nele *muda*. Seus olhos escurecem. Os dentes trincam.

Um segundo atrás, ele era um homem desesperado, preso em seus últimos momentos. Mas, agora, é um fantasma faminto. Um espírito desejoso por aquilo que perdeu.

Estico a mão para pegar o pingente ao mesmo tempo que ele estica a sua para agarrar minha vida, e talvez ele tivesse chegado primeiro se um balde cheio de fichas de pôquer não acertasse a lateral da sua cabeça. Jacob tem uma mira excelente.

Isso me dá o tempo necessário para erguer o espelho entre nós.

O fantasma fica imóvel.

— Observe e escute — digo, e os olhos dele se arregalam. — Veja e saiba — falo enquanto suas bordas estremecem e esmaecem. — Isso é o que você é.

Parece bruxaria. Um feitiço. Repita as palavras, e o fantasma se torna transparente feito vidro. Estico a mão para dentro do peito dele e seguro a espiral farelenta no interior. Ela já foi uma vida, tão brilhante quanto a minha. Agora, ela se solta quando puxo, escura e cinza, já se esmigalhando em poeira.

E, simples assim, o Sr. Jourdan se esvai e desaparece, assim como sua versão do Muriel's.

Minha visão embaça, e respirar está se tornando um pouco difícil. Por um instante, penso que é apenas meu corpo avisando que não devo permanecer no Véu por muito tempo. E então me lembro da fumaça.

— Hum, Cass — diz Jacob.

E vejo a fumaça subindo do primeiro andar, atravessando as paredes.

O gemido soa de novo, e percebo que ele não vem de alguém, mas de *algo*, uma sirene, uma buzina, um aviso para ir embora.

Estico a mão para a cortina, mas ela não encontra meus dedos.

Tento de novo, buscando o tecido cinza que separa os mundos, mas o Véu permanece firme.

— Não dá tempo — grita Jacob, me puxando para fora da sala.

Nós corremos pela escada, apesar de o andar de baixo estar mais quente, seguindo na direção do incêndio que vai tomando conta da construção. Ele faz meus olhos arderem, e minha garganta abrasar, e o Véu balança e muda ao nosso redor. Um passo e a casa está pegando fogo, pessoas gritam. No próximo, está escuro. Não sei em qual Véu estou a cada passo, mas sei que não quero estar aqui dentro quando o lugar desabar.

Chegamos ao hall de entrada, com a porta da frente escancarada.

Lá fora, o Bairro Francês está em chamas.

Ou não.

É uma bagunça de cenas sobrepostas, com prédios pegando fogo e prédios intactos, alarmes soando em um segundo e a música tomando conta do ar no outro. Véus embolados na mesma energia caótica do jazz. Fecho os olhos quando algo estala acima de nossas cabeças.

Olho para cima bem a tempo de ver uma viga em chamas caindo, e então Jacob me empurra para a frente, pela porta e pela cortina através do Véu, segundos antes de a viga acertar o chão em uma explosão de madeira em brasa e cinzas ardentes.

O mundo estremece e volta a ter vida e cores, e estou sentada na calçada quente, diante do restaurante agitado, ouvindo tilintar de talheres e risadas. O cheiro de fumaça vai diminuindo a cada respiração.

— A gente podia ter ficado no salão — diz Jacob, desmoronando na calçada. — Só relaxando, como pessoas normais.

— Nós não somos normais — resmungo, afastando o Véu como se fosse uma teia de aranha.

— Achei você — diz minha mãe, surgindo na porta. — Está com fome?

* * *

Não estou empolgada com a ideia de voltar ao Muriel's, mas a comida parece muito gostosa.

Jenna e Adan enfiam os equipamentos de filmagem debaixo da mesa, e Lucas guarda suas anotações quando os pratos chegam. Meus pais decidiram que, quando viajamos, eu posso pedir o que *eu* quiser, mas preciso provar um pouco de tudo que *eles* pedirem. E é assim que acabo com um prato de frango frito e bolinhos, mas também encaro a tigela de gumbo da minha mãe e o camarão com papas de milho do meu pai.

Acaba que gumbo é meio que um ensopado servido por cima do arroz. Ele é carregado, cheio de sabores — e de pedaços de coisas que não necessariamente reconheço —, mas é gostoso. *Papas de milho*, por outro lado, parece um mingau empelotado, como algo que deveria ter se dissolvido, mas não foi o que aconteceu.

Porém trato é trato, então reúno minha coragem, pego uma colherada das papas de milho e é... bom. Salgado, amanteigado e simples, cremoso sem ser pesado. Faz eu me lembrar de queijo quente e nuggets de frango, as comidas que desejo quando estou doente, triste, ou cansada.

Comida reconfortante.

Pego outra colherada, e meu pai pergunta se quero trocar de prato, mas acho que prefiro meu frango frito. Olho ao redor, tentando vigiar Jacob. Eu o encontro vagando de mesa em mesa, ouvindo a conversa dos outros. Cutucando saleiros e empurrando guardanapos, encarando pessoas que não conseguem enxergá-lo. Ele entra na cozinha e volta alguns minutos depois, pálido.

— Você não quer saber como cozinham a lagosta — diz ele.

Reviro os olhos.

Quando todos estamos cheios e os pratos foram levados embora, Adan se apoia nos cotovelos e diz:

— Tenho uma história de fantasma para vocês.

Todo mundo se anima.

— É sobre a LaLaurie — acrescenta ele, e o clima da mesa muda ao meu redor.

— O que é isso? — pergunto. Lembro que o nome estava na lista de locações no fichário.

— A mansão LaLaurie — explica Lucas com a voz baixa e tensa — é considerada o lugar mais assombrado de Nova Orleans.

— E com razão — acrescenta minha mãe, e, pela primeira vez, ela não parece animada ao falar de fantasmas. Sua testa está franzida, e sua boca se tornou uma pálida linha cor-de-rosa.

— O que houve? — pergunto, olhando ao redor, mas ninguém parece querer me contar.

Adan pigarreia e continua.

— Certo — diz ele —, a mansão LaLaurie tem um passado horripilante, mas a *minha* história não é dessa época. É nova. Aconteceu alguns anos atrás. As pessoas continuam comprando a casa, sabe, mas ninguém fica lá por muito tempo. Bem, um ator famoso resolveu comprar o lugar e pediu para a amiga de uma amiga minha morar na casa como caseira, para vigiar as coisas. Sozinha.

Jacob e eu trocamos um olhar, e não preciso ler a mente do meu amigo para escutá-lo pensar: *De jeito nenhum.*

— Então, em uma noite, ela foi dormir lá, e estava caindo no sono quando seu celular tocou. Ela não atendeu. Mas, uma hora depois, ele tocou de novo. Ela ficou irritada e colocou o celular no mudo, tentando voltar a dormir. Uma hora depois, o celular tocou *de novo*, e ela finalmente olhou para ver quem estava ligando de madrugada. — Adan deixa a questão pairar sobre a mesa. Então abre um sorrisinho, igual ao da minha mãe quando ela chega à melhor parte de uma história. — Era a linha fixa da casa — diz ele. — Onde ela estava sozinha.

A mesa explode em uma barulheira.

— AI, MEU DEUS — exclama Jenna.

Ao mesmo tempo, minha mãe aplaude e meu pai ri e balança a cabeça, e um calafrio percorre minha pele, do tipo que eu amo, sem perigo, sem medo, só a empolgação que surge quando você escuta uma boa história.

— Bom, já que estamos nesse assunto — diz minha mãe conforme nos levantamos para ir embora —, quem topa uma sessão espírita?

CAPÍTULO SEIS

— Venham comigo...

A voz pertence a Alistair Blanc, o espiritista oficial do hotel Kardec.

— O título correto é Mestre dos Espíritos — explicou ele quando nos encontrou no saguão naquela noite. Pelo visto, Lucas havia ligado mais cedo para marcar uma sessão espírita, depois que eu e minha mãe topamos a ideia, entusiasmadas, no Café du Monde.

O Mestre dos Espíritos é um homem branco e baixo, com cabelo grisalho curto e cavanhaque bem-aparado, olhos fundos e nariz fino e comprido, no qual apoia um par de pequenos óculos redondos. E, agora, ele nos guia por uma porta próxima ao busto de cobre de Kardec e por um corredor estreito, tão escuro que quase precisamos tatear o caminho. Ele pega a borda de uma cortina de veludo e a afasta.

— Entrem, entrem. Não sejam tímidos — diz o Sr. Blanc, nos conduzindo para um espaço pouco iluminado. — Seus olhos vão se ajustar ao escuro.

Esta sala de sessões espíritas é completamente diferente da do Muriel's. Não há bagunça, não há melodia metálica, apenas um silêncio abafado. Cada centímetro é coberto por veludo, o espaço é drapejado como uma tenda, então é impossível saber qual é o seu tamanho real. Mas parece apertado para seis pessoas e um fantasma.

Lucas veio com a gente, e Jenna também, mas deixou o equipamento de filmagem no saguão com Adan, que pareceu insistir demais em ficar para trás e tomar conta das coisas. ("Ele não é muito fã de espaços apertados", sussurrou ela quando nos afastamos, e a única coisa que pensei foi: *ainda bem que ele não foi com a gente nas Catacumbas embaixo de Paris.*)

Um candelabro está pendurado no centro da sala, uma escultura elaborada de mãos, cada uma segurando uma vela em um pote de vidro embaçado. Seis cadeiras de encosto alto estão dispostas como tronos ao redor de uma mesa coberta com seda preta. O centro é ocupado por uma grande pedra preta, como um peso de papel gigante. A pedra parece mais decorativa do que funcional, mas não consigo parar de olhar para ela. E, quanto mais eu olho, mais meus olhos me pregam peças.

Se você já encarou uma fogueira, ou uma floresta, ou um trecho longo coberto de neve, vai entender. O cérebro fica entediado e começa a criar imagens. Mostrando coisas que não existem.

Encaro a pedra até quase começar a enxergar formas. Rostos borrados na escuridão.

As cadeiras arranham o chão ao serem puxadas para trás, e pisco, voltando a prestar atenção na sala, estremecendo.

Devia estar quente aqui, até mesmo abafado com tanto veludo, mas o ar é frio, e uma corrente de vento desliza por meus braços e tornozelos quando sento.

Levanto minha câmera, ajusto o foco, mas só enxergo o cômodo como ele é.

Nem sinal do Véu.

Nenhum brilho de algo mais.

Tiro uma foto do espaço estreito, apesar de a única forma de conseguir capturar a sala inteira ser de cima. Isso me lembra de uma história de fantasma que minha mãe me contou uma vez, sobre hóspedes de hotel que encontraram fotos em sua câmera, fotos que jamais poderiam ter tirado por causa do ângulo, bem acima da cama.

O Sr. Blanc se senta em seu trono. Velas se agigantam às suas costas, e um sino grande está pendurado em um gancho próximo ao cotovelo dele.

Ele permitiu que filmássemos a sessão, pareceu até animado para ser gravado, mas Lucas disse que não seria necessário. Tenho a impressão de que Lucas tem a mesma opinião que meu pai quando se trata desse tipo de coisa.

De acordo com meu pai, sessões espíritas são um *espetáculo* do sobrenatural.

— A maioria das pessoas não acredita nas coisas, a menos que as vejam com os próprios olhos — explicou meu pai no caminho de volta para o hotel. — E, ao ver, acreditam, mesmo que não seja real.

— Como saber o que é real? — questionou minha mãe, passando um braço ao redor dos meus ombros. — Mas *tudo* é possível.

— Deem as mãos, por favor — orienta o Sr. Blanc depois de todos nos sentarmos.

Todos menos Jacob, que está ocupado dando uma volta na sala, andando pelo caminho estreito entre as costas das cadeiras e as paredes acortinadas com veludo. Ele olha atrás de uma delas e confirma que há passagens de ar ali, causando a corrente de vento frio, levemente balançando o veludo.

— Como funciona uma sessão espírita? — pergunta minha mãe com o entusiasmo que reserva às coisas estranhas e mórbidas.

O Sr. Blanc acaricia o cavanhaque.

— Depende. Se quisermos entrar em contato com alguém específico, alguém que perderam, preciso de um objeto, algo da pessoa, para chamá-la. Ou, se preferirem, posso apenas contatar o reino espiritual e ver quem responde. — Ele nos observa. — Sou apenas um humilde canal, mas creio que os espíritos tenham *muito* a dizer para pessoas como os senhores.

— Eu tenho mesmo — responde Jacob, acariciando o queixo em uma imitação quase perfeita do Sr. Blanc.

Não se mete, penso com firmeza.

Jacob suspira.

— Você é tão chata... — Ele gesticula para a sala. — Este lugar é tipo um parquinho de diversões para fantasmas! — exclama ele, pouco antes de seu braço atravessar uma das velas. A chama estremece e apaga.

O Sr. Blanc ergue uma sobrancelha.

— Parece que os espíritos estão ansiosos para começar.

Faço uma careta para Jacob, que abre um sorriso acanhado. *Foi mal*, articula ele com a boca.

— Os senhores desejam invocar um espírito específico? — pergunta o Sr. Blanc — Ou devo abrir os portões e ver o que vem ao nosso encontro?

Fico um pouco tensa, mas me lembro do que Lara disse: sessões espíritas são mentira. E, a menos que o Sr. Blanc seja um intermediário, coisa que seriamente duvido, não há risco de ele deixar qualquer coisa fazer a travessia.

— Ahh — diz minha mãe. — Vamos deixar os fantasmas decidirem.

— Certo.

As luzes diminuem ao nosso redor, e meu pai, sempre cético, levanta uma sobrancelha. Minha mãe o chuta de leve sob a mesa. Jenna se remexe na cadeira, animada. Lucas olha diretamente para a frente, tomando o cuidado de manter uma expressão neutra.

O Sr. Blanc pigarreia, e noto que sou a única que não deu as mãos para os outros.

— Não se preocupe — diz o Sr. Blanc. — Os espíritos não podem machucar você.

Isso sim é uma mentira cabeluda, penso, me lembrando de todos os fantasmas que tentaram me matar no Véu.

Mas isto é só uma brincadeira. Um divertimento, como Lara diria.

Então seguro as mãos dos meus dois lados, completando o círculo.

Ainda consigo sentir o Véu, mas sua força aqui é semelhante à da rua. Se muito, parece tranquilo, a batida dos fantasmas reduzida a uma pressão suave. Encaro meu reflexo distorcido na superfície da pedra preta.

— Fechem os olhos — diz o Sr. Blanc — e silenciem a mente. Devemos criar um caminho visível.

Se Lara estivesse aqui, ela bufaria e diria que não é assim que funciona. Diria que estamos em um lado, e eles estão no outro, e, a menos que alguém tenha morrido bem perto daqui, provavelmente ninguém viria conversar.

Mas Lara não está aqui, então todo mundo fecha os olhos, incluindo o espiritista.

Todo mundo menos eu.

E é por isso que vejo as artimanhas, os efeitos, os truques que tornam fácil acreditar.

Vejo a fumaça clara entrar por uma fresta nas cortinas de veludo. Vejo o Sr. Blanc mexer em algo entre seus dentes. Vejo seu sapato mexer sob a mesa, pouco antes de escutarmos uma batida.

Todos abrem os olhos, piscando de surpresa ao encontrar a neblina e as mudanças sutis na sala.

— Alguém está presente? — pergunta o Sr. Blanc.

Jacob segura a respiração, e não sei se é por estar se segurando para não criar um espetáculo ou se realmente acredita que pode ser invocado e obrigado a dar respostas.

Porém, quando o Sr. Blanc fala de novo, sua voz soa mais aguda, estranha, um pouco abafada, como se houvesse algo em sua boca, como sei que há.

— Eu me chamo Marietta — diz ele. — Marietta Greene.

É como assistir a um ventríloquo, com a exceção de que o Sr. Blanc é o mestre e o boneco ao mesmo tempo. Seus lábios não param de se mover.

— Não sei onde estou — continua ele naquela voz estranha, esganiçada. — Está tão escuro, acho que devem ter colocado tábuas nas janelas e trancado as portas...

Parece um discurso ensaiado; as palavras saem com uma facilidade excessiva.

Sinto o vento frio e um leve tremor na mesa, coisas que sei serem truques, parte do espetáculo. Mas não detecto nada fantasmagórico.

Até que isso muda.

O clima muda na sala. O vento desaparece, a névoa fica imóvel, e o sino perto do cotovelo do Sr. Blanc começa a bater, apesar de ele jamais tê-lo tocado.

O Sr. Blanc olha para o sino, e, por um segundo, parece completamente surpreso.

Mas então sua cabeça cai para a frente, como uma marionete que perdeu as cordas. Suas mãos soltam as de Jenna e da minha mãe, aterrissando sobre a mesa com o baque seco de um peso morto.

Por um instante, ele permanece imóvel feito uma estátua, imóvel feito um *cadáver*, e Jacob se posiciona atrás da minha cadeira, como se pretendesse me usar como escudo.

Você é ótimo, penso logo antes de a boca do Sr. Blanc se escancarar e uma voz sair. Uma voz que não é uma voz de verdade, mas o vento batendo contra janelas velhas, uma corrente de ar passando pela fresta sob a porta. Um sussurro arranhado, um resmungo na escuridão. A mesma voz que escutei no Place d'Armes.

E, desta vez, ela se dirige a *mim*.

PARTE DOIS
A VOZ NA ESCURIDÃO

CAPÍTULO SETE

— *Nós vimos você, pequena ladra.*

As palavras escapam entre os dentes do Sr. Blanc, chiando feito o vapor de uma chaleira.

— *A luz queimando no seu peito.*

As palavras me atravessam como um calafrio, carregando aquele medo oco, aquele vazio estranho. O mesmo terror gélido que senti na plataforma em Paris.

— *Você roubou de nós no passado. E você fugiu de nós no passado.*

As palavras continuam saindo da boca do Sr. Blanc, mas não pertencem a ele. Não há entonação agora, não há dramatização, não há rebuscamento. A fala é assustadoramente inexpressiva, sua voz livre de emoções.

— *Porém, agora, você não pode se esconder.*

Conforme o espiritista fala, algo se move dentro da pedra preta no centro da mesa. Eu observo a imagem subir até a superfície. A princípio, ela não passa de um risco branco pálido. Mas não demora muito até eu ver sua mandíbula articulada e seus olhos pretos vazios, e sei que é uma caveira.

Não consigo afastar o olhar.

— *Nós vimos você.*

Não consigo me mexer.

— *E nós vamos encontrar você.*

Estou de volta à plataforma do metrô, vendo o esqueleto de terno preto esticar a mão para remover seu rosto.

Na sala de sessões espíritas, a cabeça do Sr. Blanc levanta, seus olhos abertos e vazios. Como se outra coisa tivesse entrado, como se outra coisa estivesse nos encarando.

— *Nós vamos pegar você, pequena ladra.*

O espiritista se inclina para a frente, os olhos vidrados, e minha mão encontra o espelho no meu pescoço. Uma âncora em meio à tempestade.

— *Nós vamos encontrar você e restaurar o equilíbrio.*

Os dedos do Sr. Blanc se enterram na toalha de seda conforme a voz que não é voz se torna mais forte em sua garganta.

— *Nós vamos encontrar você e devolvê-la para a escuridão.*

Eu puxo o ar, trêmula. De repente, a caveira na pedra preta e o espiritista à mesa viram na minha direção, aqueles olhos vazios se estreitando, e, por um instante, tenho certeza de que a coisa dentro do Sr. Blanc consegue me ver, e me impulsiono para trás enquanto...

BLÉIM!

Jacob empurra as duas mãos contra o sino ao lado do Sr. Blanc.

O objeto vira e cai, ressoando pela sala apertada e removendo o espiritista do transe. O Sr. Blanc se senta empertigado, parecendo tão chocado quanto eu. Ele pisca rápido e pigarreia. A névoa desapareceu. A corrente de ar voltou. A pedra preta está vazia. A presença desapareceu. E, por um longo momento, ninguém fala.

E então Jenna bate palmas.

— Foi *incrível!* — grita ela.

Mas não consigo respirar.

O medo que me segurava desapareceu, o peso foi embora, e levanto com ímpeto, jogando a cadeira contra a parede.

— Cassidy? — chama minha mãe, mas já estou correndo para a cortina de veludo.

Só quero sair dali.

Empurro a cortina de veludo, ou melhor, tento, mas escolho a errada e só encontro uma parede.

O pânico me domina, e escuto Jacob pedindo para eu me acalmar, escuto meu pai perguntando se estou bem. Mas meu coração é uma muralha de som aos meus ouvidos, e só preciso *sair.*

Finalmente encontro a cortina certa e a afasto, cambaleando pelo corredor até chegar ao saguão.

Nós vimos você.

Puxo o colar de baixo da camisa, apertando o espelho com força.

E vamos encontrar você.

Corro pelo saguão, passando por Adan, que está sentado com as pernas apoiadas no equipamento, e saio pelas portas, noite adentro.

O ar está quente, e a rua, lotada. Não apenas com multidões de turistas, mas com um rio de desconhecidos em máscaras coloridas, um desfile de pessoas tocando música e pintadas como um mar de esqueletos.

Eles estão por toda parte. Não consigo escapar. Então corro de volta para o hotel. Meus sapatos guincham no piso de mármore do saguão ao mesmo momento que meus pais surgem, seguidos de perto por Jacob e a equipe.

— Ele forçou um pouco a barra — diz meu pai enquanto se aproximam.

Mas minha mãe me puxa para um abraço. Tento rir, pedir desculpas por ter me impressionado tanto, como se aquilo não tivesse passado de uma sessão espírita assustadora. Como se eu não passasse de uma garota com medo de fantasmas.

Nós vamos encontrar você e devolvê-la para a escuridão.

Lucas limpa os óculos e diz:

— Acho que foi o suficiente para uma noite.

Ele não me encara ao dizer isso, mas sinto que suas palavras foram para mim. Quero dizer que não, que estou bem, mas minha cabeça está lotada de medo e questionamentos. Fico aliviada quando minha mãe boceja e meu pai concorda, dizendo que amanhã é um novo dia.

Damos boa-noite e subimos as escadas.

Agora, o corredor para o nosso quarto parece ameaçador, com a iluminação instável. Todas as mãos de bronze se esticando das paredes parecem tentar *me* pegar.

Chegando ao quarto, meus pais conversam sobre o dia, e bato em retirada para a cama, me ocupando com minha câmera. Jacob se senta ao meu lado.

— Aquilo foi...? — pergunta ele, sem terminar a frase.

Solto o fôlego rápido, trêmula, e concordo com a cabeça. Acho que sim.

— O que *é* aquela coisa, Cass?

— Não sei! — sibilo.

Balanço a cabeça e penso na frase de novo, mais calma. *Não sei. Não sei. Não...*

— Tá bom — diz Jacob. — Mas nós dois conhecemos alguém que sabe.

Pego meu celular, e então me lembro da hora. Deve ser madrugada na Escócia. Lara está dormindo.

— Tenho quase certeza de que esta é uma daquelas situações tipo "em caso de emergência, quebre o vidro" — diz Jacob. — Ligue para ela. Acorde ela.

Balanço a cabeça e decido mandar uma mensagem. Não escrevo "Acho que tem algum tipo de anjo da morte me perseguindo". Não escrevo "Pelo visto, eu roubei alguma coisa, e ele quer de volta". Não escrevo "Estou com medo". Apesar de tudo isso ser verdade. Mas não parece o tipo de coisa que se diz em uma mensagem, então apenas envio:

> Eu: SOS

Jogo o celular para o lado e me levanto da cama. Estou quase no banheiro quando o telefone toca com uma chamada de vídeo. Eu o pego, sendo inundada pelo alívio ao ver o nome de Lara na tela.

Atendo, e Lara Chowdhury aparece, seu cabelo preto trançado em uma coroa sobre a cabeça.

— Você sabia — diz ela daquele seu jeito afetado, decoroso — que algumas pessoas acham que SOS quer dizer Salve Nosso Navio, ou Salve Nossas Almas, em inglês, mas, na verdade, é algo chamado retroacrônimo. A abreviação veio primeiro, e, depois, a frase. Enfim, o que houve?

Mas ainda estou distraída pelo fato de ela estar acordada.

— Você não devia estar dormindo?

— São só 21h45.

Olho para o relógio na mesa de cabeceira.

— Mas aqui também é 21h45.

— Sim — responde ela, seca —, porque é *desse jeito* que fusos horários funcionam.

— É a Lara? — grita minha mãe, escovando os dentes. — Oi, Lara!

— A Lara disse oi de volta — grito para ela antes de ir com o telefone para o corredor, tomando o cuidado de fechar a porta. A última coisa de que preciso é que Ceifador fuja.

— Onde você está? — pergunto baixinho, olhando para a tela.

— Em Chicago — responde Lara, gesticulando para os degraus de mármore claro às suas costas, como se isso explicasse alguma coisa. — Eu falei que ia pegar um voo. Meus pais deram uma palestra em um museu hoje à noite e me convidaram para vir. — Ela solta um suspiro baixinho, quase inaudível. Os pais de Lara são arqueólogos, mas nunca os conheci. Parece que Lara também não se encontra muito com eles.

— O combinado era que passaríamos uns dias aqui, conheceríamos os pontos turísticos, mas acho que eles receberam uma oportunidade irrecusável. Uma que não envolve a filha. Eles vão para o Peru amanhã cedo. E acho que vou voltar para a Escócia.

— Sozinha?

Lara se irrita.

— Eu sou perfeitamente capaz de pegar um avião, Cassidy.

Ela engole em seco e afasta o olhar por um instante. Lara é o tipo de garota que prende todos os sentimentos no peito, como um livro que ela não deseja emprestar. Apesar disso, consigo ouvir a tristeza em sua voz.

— Sinto muito — digo, e acho que foi a coisa errada a dizer, porque escuto uma pausa em sua respiração.

— Não faz diferença. — Ela pigarreia. — É outro carimbo no passaporte, né? — acrescenta ela, parecendo tentar convencer mais a si mesma do que a mim. — Então, como vai Nova Orleans? Você encontrou alguma pista sobre a Sociedade?

Estou prestes a contar sobre o gato preto que vi quando Jacob interrompe.

— Tem alguma coisa caçando a Cassidy.

Olho para ele. Eu ia contar.

Lara pisca.

— Um fantasma? Tipo a Rapina Rubra? — pergunta ela, se referindo ao espírito faminto que tentou roubar minha força vital na Escócia.

Nego com a cabeça.

— Não... exatamente.

Ela me lança um olhar que diz *explique-se*, e me esforço para fazer isso da melhor maneira possível.

Jacob se apoia na parede enquanto caminho de um lado para o outro e conto para Lara sobre o que vi em Paris: o homem que não era um homem, a máscara de caveira que não era um rosto, e a escuridão sem olhos por trás. Conto que desmaiei, que me senti drenada. Conto sobre a voz que escutei na entrada do hotel e da que interrompeu a sessão espírita: o que ela me disse sobre eu ter roubado algo e fugido, sobre me encontrar e me devolver para a escuridão. Conto tudo, e Lara escuta, primeiro com uma expressão chocada, depois tensa, mas sem me interromper. Ela não parece irritada nem prestes a me dar uma lição de moral. Na verdade, Lara Chowdhury parece *assustada*. Nunca a vi assim antes.

— Quando isso aconteceu, em Paris? — pergunta ela baixinho. — Quando você o viu pela primeira vez?

O fuso horário faz tudo parecer mais demorado, então levo um segundo para fazer as contas.

— Há dois dias.

— Por que você não me contou? — pergunta ela, irritada.

Jacob me lança um olhar de *Eu avisei*, e não acredito que ele e Lara finalmente concordam com alguma coisa.

— Não achei que fosse importante — digo, o que não é a verdade absoluta, mas não é exatamente uma mentira. — Eu não queria que fosse importante. Esperava que fosse um pesadelo. O tipo de coisa que você ignora e deixa para trás. E, se *fosse* alguma coisa, achei que poderia resolver sozinha.

Lara me analisa, exalando sua raiva pela tela.

— Cassidy Blake — diz ela, devagar —, isso é a coisa mais idiota que já escutei. Ser uma intermediária *não* significa que você precisa lidar sozinha com as coisas. Significa que você precisa pedir ajuda para as pessoas *certas*. Pessoas como *eu*.

Engulo em seco e concordo com a cabeça. Tenho medo de perguntar, mas preciso saber.

— Lara — digo. — O que *é* aquilo? A criatura de terno preto?

Ela respira e prende o ar. Quando finalmente exala, ele sai trêmulo de sua garganta.

— Aquela criatura — diz ela — é um Emissário. Um mensageiro.

— Um mensageiro do quê? — pergunto.

— Da morte.

CAPÍTULO OITO

A palavra paira no ar, ocupando todo o espaço.

— Espera — diz Jacob, se empurrando para longe da parede —, tipo, morte com letra minúscula, ou Morte com letra maiúscula?

— Faz diferença? — sibilo.

— As duas coisas — responde Lara. — Os Emissários vêm do lugar *depois* do Véu. São enviados para o mundo para caçar pessoas que cruzaram a fronteira e voltaram.

— Pessoas como nós — digo.

Pessoas que quase morreram.

No meu caso, foi o rio. Não sei o que aconteceu com Lara, mas deve ter sido ruim, deve ter sido por pouco. Por pouco tipo com o pé na cova. É assim que você se torna um intermediário.

Ela concorda com a cabeça.

— Meu tio me contou sobre eles uma vez. Ele disse que são como pescadores, lançando as linhas de suas varas. Prestando atenção em qualquer movimento na água. Esperando algo prender no anzol.

— *Você* já foi caçada por um Emissário? — pergunto, desabando sobre um dos bancos que ladeiam o corredor.

Lara faz biquinho e balança a cabeça.

— Não. Sempre tomei muito cuidado. Entro no Véu, mando um espírito adiante e saio. Não fico enrolando, por assim dizer. Não faço escarcéu.

Lara não precisa dizer que *eu* faço exatamente isso. Sempre me deixo levar pela curiosidade; não consigo controlar minha vontade de explorar. Foi isso o que atraiu a Rapina Rubra na Escócia. Foi assim que o *poltergeist* me achou em Paris. E, agora...

— Algumas pessoas simplesmente chamam atenção — continua Lara. — Não importa por que nem como. O que interessa é que você mordeu a isca. Mas ele ainda não puxou a linha.

— Essa é a parte em que você diz para não nos preocuparmos? — pergunta Jacob.

Lara nega com a cabeça.

— Não, essa é a parte em que digo para vocês se *esconderem*.

Estremeço ao me lembrar das palavras do Emissário.

Você não pode se esconder.

— Como é que vou fazer uma coisa dessas? — pergunto.

— Fique perto dos seus pais e da equipe de filmagem. Não saia andando sozinha por aí. E, se puder, *não* atravesse o Véu.

Penso em como me senti no Muriel's. Em como foi difícil resistir ao chamado do outro lado.

— Ele vai conseguir me achar lá?

— Ele vai conseguir te achar em *qualquer lugar*. É óbvio que ele consegue transitar entre o mundo dos vivos e a terra dos mortos. Mas você vai chamar mais atenção no Véu.

— E se ele me pegar...

Mas eu já sabia o fim da frase.

Ele vai me levar de volta para a escuridão.

— Não importa o que aconteça — diz Lara —, fiquem juntos. — Seus olhos se estreitam para Jacob. — É sério, fantasma. Não deixe que ele a encontre sozinha. — O foco de Lara volta para mim. — Cassidy — diz ela, e nunca a escutei falar meu nome assim, cheio de preocupação, amizade e medo.

Engulo em seco.

— Como eu venço essa coisa?

Lara fica em silêncio por um longo momento. E então responde:

— Não sei. — Sua voz soa baixa, e me dou conta de que ela está com tanto medo quanto eu. Ela balança a cabeça, pigarreia e diz: — Mas vou descobrir.

E, simples assim, a Lara que conheço está de volta. E me sinto grata por tê-la.

— Toma cuidado — diz ela, e desliga.

Olho para a tela escura por um instante, então me jogo para trás, deixando minha cabeça bater na parede. Olho para cima e vejo a mão de bronze pairando sobre mim. Dobro o corpo para a frente, segurando a cabeça nas duas mãos enquanto Jacob se senta ao meu lado.

— Sabe — começa ele, devagar —, quando a Rapina Rubra roubou sua vida e prendeu você no Véu, eu fiquei com medo. Sei que você nem percebeu, porque sempre pareço muito corajoso...

Solto uma risada irônica.

— Mas fiquei apavorado. Eu não tinha ideia de como a gente ia escapar. Mas escapamos. Você escapou.

Pressiono a palma das mãos em meus olhos.

— E depois, quando o garoto *poltergeist* medonho começou a fazer aquele auê todo em Paris, e a gente teve que ir às Catacumbas, eu fiquei com muito medo. Não que você tenha percebido.

— Aonde você quer chegar? — pergunto baixinho.

— Não tem problema se você sentir medo agora, Cass. Porque eu não sinto. Não estou com medo, porque sei que a gente vai escapar dessa.

Encosto meu ombro no dele, e, pela primeira vez, sou grata por ele ser mais do que um fantasma, sou grata pela leve pressão do seu braço contra o meu.

— Valeu, Jacob.

A porta do nosso quarto abre, e meu pai enfia a cabeça no corredor.

— Aí está você. — A cabeça de Ceifador também aparece, e ele coloca uma pata para fora antes de meu pai agachar para pegá-lo. — Nada disso — diz ele, colocando o gato embaixo do braço. — Hora de dormir, Cass.

Eu me levanto e o sigo. Deito na cama, apertando o pingente de espelho com uma das mãos, Jacob senta no chão ao lado de Ceifador.

Jacob costuma ir embora à noite; eu nunca soube aonde ele vai, mas fantasmas não precisam dormir. Porém, hoje, ele fica por perto. Um vigia espectral. Sua presença me passa a sensação de segurança.

Ou de *menos* perigo, pelo menos.

— Regra #6 — diz ele. — Amigos não deixam os outros serem levados por esqueletos horripilantes.

Eu resmungo e puxo as cobertas por cima da cabeça.

Lá fora, as pessoas continuam rindo e cantando pelas ruas. Nova Orleans é um desses lugares que nunca dorme.

E, pelo visto, eu também não vou dormir.

* * *

Em algum momento, enfim caio no sono, e sonho.

Sonho com a sala de sessões espíritas do hotel Kardec. Estou sentada em uma das cadeiras, sozinha, e não consigo me virar, mas sinto a cortina se mexer às minhas costas, sinto algo se aproximando para me pegar.

— *Nós vamos encontrar você* — sussurra a criatura, seus dedos de osso se fechando ao redor da cadeira.

Eu me levanto com um pulo e, de repente, estou na plataforma de metrô de Paris.

O trem se afasta, e vejo o desconhecido de terno preto, inclinando o chapéu. A máscara de caveira por baixo parece fazer careta, sorrir e fazer careta mais uma vez. Em seguida, a criatura ergue uma das mãos enluvadas até a máscara, puxando-a, e não há nada por baixo, nada além de escuridão e gravidade.

Caio para a frente de novo, saindo de Paris.

Giro bem a tempo de ver a ponte, minha bicicleta amassada contra a grade, antes de eu acertar a superfície da água e cair no rio.

Um choque gélido, e então estou submersa. Afundando. Me afogando.

É tão frio e escuro embaixo da água.

Um mundo em tons de preto... e azul.

Um azul brilhante demais para ser luz natural.

Olho para baixo e vejo a fita brilhando no meu peito, a espiral azul-esbranquiçada da minha vida, visível apenas dentro do Véu. Ela brilha, tão chamativa quanto um farol na escuridão, mas não há mais nada para ver. Estou completamente sozinha no rio.

Ou era o que eu pensava.

Uma mão segura meu pulso, e arfo, me virando.

Mas é apenas Jacob, seu cabelo loiro flutuando ao redor do rosto.

— Está tudo bem — diz ele, e sua voz é muito audível, apesar de estarmos dentro da água. — Está tudo bem — repete ele, me envolvendo em seus braços. — Estou aqui.

Mas, em vez de me guiar para a superfície, ele me puxa cada vez mais para baixo, para longe da luz, do ar, do mundo na superfície.

Tento chamar seu nome, dizer *espera*, mas tudo que sai da minha boca são bolhas. Não tenho ar. Não consigo respirar. Tento me libertar, mas ele me aperta com firmeza, impassível, e, quando me viro o suficiente para ver seu rosto, não há rosto. Apenas uma máscara de caveira, os olhos vazios e pretos. Um sorriso esquelético, de ossos.

Quando ele fala de novo, a voz é grave e profunda. Não se parece com nada que já ouvi na vida. Eu a sinto em meus ossos.

— Você pertence a este lugar — diz ele, me apertando até meus pulmões gritarem e a luz dentro do meu peito piscar, diminuir e apagar.

E nós afundamos na escuridão sem fim.

* * *

Eu me sento, arfando.

A luz matutina brilha através da janela e através de Jacob, que está empoleirado no peitoril da janela, arrancando um fio na sua camisa. Minha mãe e meu pai zanzam pelo quarto, se arrumando.

Desabo de volta às cobertas, puxando um travesseiro para cobrir meu rosto.

Eu me sinto deslocada, com dor de cabeça, e ainda consigo sentir o gosto do rio em minha garganta, consigo ouvir a voz como uma vibração em meu peito.

Você pertence a este lugar.

Ceifador caminha de mansinho pela cama e amacia o travesseiro.

— Hora de acordar, dorminhoca — diz minha mãe. — Temos lugares para visitar, espíritos para conhecer.

— Sabe — diz Jacob —, fico me perguntando se ela continuaria gostando tanto de fantasmas se conseguisse ver algum.

Solto um gemido e rolo para fora da cama.

Minha mãe parece mais animada do que o normal, e só descubro o motivo quando estamos tomando café no restaurante do hotel.

— Dia dos cemitérios! — anuncia ela, da mesma forma que uma pessoa normal diria "Vamos pra Disneylândia!".

Olho da minha mãe para o meu pai, segurando um biscoito no meio do caminho até a boca, esperando por uma explicação.

Meu pai pigarreia.

— Como eu mencionei, Nova Orleans tem 42 cemitérios.

— Que exagero — comenta Jacob.

— Por favor, me diz que a gente não vai em todos os 42 — digo.

— Nossa, não! — responde meu pai. — Isso seria pouco prático.

— Seria um desafio legal — diz minha mãe, seu rosto desanimando um pouco —, mas não, não temos tempo.

— Mas vamos a seis deles — continua meu pai, como se seis fosse uma quantidade completamente normal de cemitérios. Ele os conta nos dedos. — Temos o St. Louis nº 1, o St. Louis nº 2, o St. Louis nº 3...

— Alguém foi bem preguiçoso com os nomes — resmunga Jacob.

— O Lafayette, o Metairie... — continua meu pai.

— E o São Roque! — acrescenta minha mãe, toda contente.

— O que tem de especial no São Roque? — pergunto.

Mas ela apenas aperta meu braço e diz:

— Ah, você vai ver.

Jacob e eu trocamos olhares. A animação da minha mãe *sempre* é sinal de encrenca. E, para dizer a verdade, não estou no clima para nenhuma surpresa.

Mas Lara avisou que deveríamos ficar juntos, e cemitérios costumam ser seguros no quesito espíritos.

Não pode ser pior do que a sessão espírita.

CAPÍTULO NOVE

Nós nos encontramos com Lucas e a equipe de filmagem na Jackson Square. O ar continua grudento hoje, mas o sol foi coberto por nuvens baixas e escuras, do tipo que anuncia tempestades.

— Sempre faz esse calor todo? — pergunto a Jenna e Adan enquanto meus pais conversam com Lucas sobre o cronograma do dia.

— Só em junho — responde Jenna. — E julho. E agosto.

— E maio — continua Adan.

Jenna concorda com a cabeça.

— E setembro — acrescenta ela. — Às vezes, em abril e outubro. Mas o clima fica ótimo em março!

Tento rir, mas sinto que estou derretendo.

Olho ao redor. A praça está quase começando a parecer familiar, com suas músicas destoantes, os artistas e os turistas. Apesar do temporal se formando, há pessoas vendendo joias em toda parte: pingentes e amuletos para afastar o mal ou trazer boa sorte.

— Ei, você.

A voz vem de uma moça branca sentada em uma cadeira de praia sob um guarda-sol azul e cor-de-rosa. A princípio, acho que ela está falando com outra pessoa, mas ela me encara e me chama com o dedo.

— Vem aqui — diz ela.

Já ouvi contos de fadas suficientes; sei que não devemos falar com estranhos, ainda mais quando você está sendo caçada por uma força sobrenatural. Mas ela só está sentada ali, a céu aberto. E, pelo que pude ver, parecia completamente humana.

Olho para os meus pais, que conversam com a equipe, distraídos, e sigo na direção dela, com Jacob em meu encalço.

O cabelo da mulher é violeta e bate abaixo das orelhas, e sua pele é cheia de sardas. Há uma mesa dobrável perto dos joelhos dela, com cartas de baralho grandes viradas para baixo.

— Meu nome é Sandra — diz ela. — Quer saber seu destino?

Reflito sobre a pergunta e sobre a pessoa que a fez.

Sandra não parece uma cartomante.

Na minha cabeça, cartomantes são velhas, usam roupas de veludo e renda, têm a pele desgastada e olhos profundos. Não as imagino com cabelo roxo e unhas com esmalte descascado. Elas não se sentam em cadeiras de praia sob guarda-sóis azuis e cor-de-rosa, nem usam chinelos. Mas, se existe uma lição que aprendi neste ano, é que as coisas nem sempre são como parecem.

— A primeira é de graça — diz ela, espalhando as cartas.

Elas são lindas, a parte de trás é decorada com linhas serpenteantes, sóis, estrelas e luas. Os desenhos foram prateados um dia, dá para perceber pelo brilho, mas desbotaram para cinza.

Sandra vira as cartas, e me dou conta de que não há naipes. Em vez disso, há espadas e taças, varinhas de condão e anéis. E espalhadas entre elas vejo imagens estranhas de torres, bobos da corte e rainhas.

São cartas de *tarô*.

Vejo um coração perfurado por facas. Três varinhas cruzadas como uma estrela. Um único anel brilhante. Estremeço ao notar um esqueleto montado em um cavalo branco.

Sandra não começa sua exibição. Não muda a voz, tentando soar misteriosa ou teatral. Ela apenas vira as cartas para baixo de novo, abre-as como um leque entre seus dedos, e diz:

— Escolha uma.

Olho para as cartas e pergunto:

— Como?

De costas, todas são iguais. Nada além de sóis, estrelas e luas. Nenhuma maneira de saber qual escolher.

— As cartas vão te mostrar — diz ela, e fico sem entender, até que entendo.

Minha mão paira sobre o baralho, sentindo as bordas macias, como seda, sob meus dedos. E então para. Sinto um puxão, bem na palma, um impulso firme, como o Véu se erguendo para encontrar meus dedos.

Puxo a carta, prendendo a respiração.

Quando vejo a imagem, solto o ar. Não há nenhum anjo da morte, nenhuma forca, nada especialmente ameaçador. A carta está de cabeça para baixo, mas, quando a viro, vejo uma garota vendada, segurando duas espadas, as lâminas cruzadas diante do seu corpo.

Ela parece *forte*, mas, quando olho para cima, a cartomante está franzindo a testa.

— O Dois de Espadas — murmura ela.

— O que significa? — pergunto.

Sandra prende uma mecha de cabelo roxo atrás de uma das orelhas e força seu rosto a exibir uma máscara de calma, mas não antes de eu notar a preocupação que toma seus traços. Ela pega a carta de volta, apertando os lábios enquanto analisa a imagem.

— O tarô pode ser interpretado de duas formas — diz ela —, na direção certa ou invertida. Dependendo de como a carta for virada, o significado muda. Mas o Dois de Espadas é complicado em qualquer posição. — Ela passa uma unha com esmalte rosa descascado sobre uma espada, parando ao alcançar a outra. — Normalmente, esta carta mostra uma encruzilhada. Você precisa escolher um caminho, mas, quando fizer isso, outro será perdido. Não existe vitória sem derrota, então você não quer tomar nenhuma decisão, mas precisa. E não importa o que escolher, você vai perder alguma coisa. Ou alguém.

Jacob fica tenso ao meu lado, então me esforço para não pensar nele, em sua força crescente, nos avisos constantes de Lara sobre mandá-lo embora. Mas talvez Jacob não tenha nada a ver com aquilo. Talvez a carta esteja falando sobre o Emissário, sobre mim.

— Mas você tirou a carta de cabeça para baixo — sussurra Jacob —, então significa o oposto, né?

Faço a pergunta dele em voz alta, mas a cartomante apenas balança a cabeça.

— Não exatamente — diz ela. — *Esta* carta não tem um oposto. Ela é como as espadas cruzadas. Não importa de qual ângulo você as encara, elas formam um X. O Dois de Espadas invertido continua mostrando o mesmo desafio, a mesma necessidade de tomar uma decisão. Ele significa que você não pode ganhar sem perder, não importa qual seja a sua decisão. Não existem respostas certas.

— Ah, que bobagem — resmunga Jacob. — Não dá para mudar as regras para uma carta. Ela *disse* que existem duas interpretações...

Balanço a cabeça, tentando pensar.

— Posso tirar outra? — pergunto.

— Não faz sentido escolher outra — diz Sandra, dando de ombros. — Esta é a sua carta. Você a escolheu por um motivo.

— Mas eu não sabia o que estava escolhendo! — exclamo, sentindo o pânico percorrer meu corpo.

— E escolheu mesmo assim.

— Mas o que eu tenho que fazer? Como vou saber qual caminho escolher, se nenhum dos dois é certo?

A cartomante me encara.

— Você vai tomar a decisão que precisa tomar, não a que deseja. — Sua boca forma um sorriso torto. — Quanto ao seu futuro, posso contar tudo que eu descobrir — diz ela, e acrescenta: — Por vinte pratas.

Enfio as mãos nos bolsos e encontro duas moedas, mas uma é de libra, da Escócia, e a outra, um euro de Paris. Estou prestes a pedir dinheiro para os meus pais quando meu pai surge feito uma sombra atrás de mim.

— O que temos aqui? — Ele olha para as cartas. — Ah, tarô — diz ele com uma expressão indecifrável. — Vem, Cass — chama ele, me puxando de leve para longe de Sandra e do Dois de Espadas.

— Eu preciso saber — digo, e ele deve ter percebido que estou nervosa, porque para e se vira, não para a cartomante, mas para mim.

Meu pai se ajoelha e olha para o meu rosto.

— Cassidy — diz ele em seu tom acadêmico firme, e fico esperando por uma explicação sobre como não é possível prever o futuro, que é tudo um truque, uma brincadeira. Mas não é isso que escuto. — O tarô não é uma bola de cristal — diz ele. — É um espelho.

Não entendo.

— As cartas de tarô não dizem novidade alguma. Elas fazem você pensar nas coisas que *já* sabe.

Ele cutuca o ponto, bem acima do meu coração, onde está meu pingente de espelho sob a camisa.

Observe e escute. Veja e saiba. Isso é o que você é.

Palavras que eu só digo para fantasmas.

Mas acho que se aplicam aos vivos também.

— Aquelas cartas só fazem você pensar no que quer, nas coisas das quais sente medo. Elas fazem você encarar isso. Mas nada pode prever seu futuro, Cassidy, porque futuros são imprevisíveis. Eles são cheios de mistérios e oportunidades, e a única pessoa que pode decidir o que acontece é você.

Ele me dá um beijo na testa enquanto o restante do grupo se aproxima.

— Ah, cartas de tarô! — exclama minha mãe, indo direto para a cartomante.

— A primeira é de graça — diz Sandra, abrindo o baralho gasto, mas meu pai segura a mão de minha mãe.

— Vamos, querida — diz ele. — Os cemitérios estão esperando.

Jacob e eu os seguimos.

A carta fica na minha cabeça.

A garota vendada. As duas espadas cruzadas diante do seu peito.

Você não pode ganhar sem perder.

E eu sei do que tenho medo.

Não saber como tudo vai terminar.

CAPÍTULO DEZ

Cemitérios não me incomodam.

Eles costumam ser bem tranquilos, pelo menos para mim. Os fantasmas no Véu ficam presos aos locais onde *morreram*, e a maioria das pessoas não morre *em* cemitérios. Elas só terminam lá. De vez em quando, surge um espírito perambulando, mas, no geral, são lugares calmos.

— Bibliotecas também — comenta Jacob, arrastando o tênis na calçada.

Reviro os olhos e passamos pelos portões do St. Louis nº 1. Para minha surpresa, não vejo grama, apenas cascalho e pedras, interrompidas por ervas daninhas. Criptas pálidas enchem o espaço, algumas polidas, outras encardidas pelo tempo. Algumas têm até portões de ferro fundido.

— Nova Orleans é conhecida por muitas coisas — diz minha mãe, e, pela sua voz, sei que as câmeras estão filmando —, mas é famosa principalmente pelos cemitérios.

— E pelas pessoas enterradas neles — complementa meu pai, parando diante de um jazigo branquíssimo.

Pequenos vasos de pedra, cheios de flores de seda e pedacinhos de papel, ladeiam a porta fechada. As paredes de pedra da tumba são arranhadas com vários X. Diante dela, no chão, as pessoas deixaram uma pilha de oferendas estranhas: um batom, um vidro de esmalte, um frasco de perfume, uma fita de seda e uma corrente de contas de plástico.

— Aqui jaz Marie Laveau, considerada por muitos a Rainha do Vodu de Nova Orleans — diz meu pai.

Vodu. Penso nas lojas que vimos ontem, com saquinhos e bonecos coloridos, a palavra bordada em cortinas e desenhada em vitrines. E me lembro do aviso de Lara na forma da caveira e os ossos cruzados. *Não toque.*

— Nascida livre — continua meu pai —, Laveau abriu um salão de beleza para a elite de Nova Orleans e ganhou seguidores por ser uma hábil praticante de vodu...

Olho para Lucas, nós dois afastados do grupo.

— O que *é* vodu? — pergunto a ele, baixinho.

— Algo com o qual você não deveria brincar — responde ele. Mas não desvio o olhar até deixar nítido que desejo uma resposta de verdade. Ele tira os óculos e começa a limpá-los pela terceira vez em meia hora. Estou começando a perceber que é um hábito, algo que ele faz enquanto pensa, do mesmo jeito que minha mãe morde canetas e meu pai se balança para a frente e para trás. — Vodu é muitas coisas — diz Lucas, devagar, medindo as palavras. — É um conjunto de crenças, uma tradição religiosa, um tipo de mágica.

— Mágica? — pergunto, pensando em magos e feitiços.

— Talvez *poder* seja uma palavra melhor — diz ele, devolvendo os óculos à ponte do nariz. — O tipo de poder que fica preso a pessoas e a um lugar. O vodu de Nova Orleans está impregnado de história, de sofrimento, assim como a cidade.

— Acredita-se que o poder de Laveau permaneça aqui — diz minha mãe agora. — Muito tempo após sua morte, as pessoas vêm pedir ajuda, marcando seu pedido com um X. — Ela gesticula para uma das cruzes de giz. — Se Laveau conceder o pedido, as pessoas voltam para circular a marca.

Realmente, alguns dos X têm círculos leves ao seu redor. Fico me perguntando se devo pedir a Marie Laveau para me proteger do Emissário. Olho para o cascalho, buscando por uma pedra branca para marcar meu X, mas Lucas me impede.

— Não se engane, Cassidy — diz ele. — Não é tão simples quanto conceder um pedido. Você viu as lojas no Bairro Francês, vendendo amuletos para sorte, amor e riqueza, né?

Concordo com a cabeça.

— A maioria é para turistas. O vodu não se resume a acender uma vela ou comprar uma quinquilharia. É uma troca. Uma questão de dar para receber. Nada é concedido sem sacrifício.

A carta do tarô brilha em minha mente.

Dar para receber.

Não há como ganhar sem perder.

A equipe seguiu para outro túmulo. Lucas vai na direção deles, e vou junto, e só então percebo que Jacob não está comigo. Olho para trás, para o túmulo de Marie Laveau, e o vejo, agachado para examinar as oferendas deixadas ali, e me pergunto do que terei que abrir mão para vencer.

* * *

Já percorremos metade do St. Louis n° 2 quando começa a chover.

É um chuvisco preguiçoso, pouco mais do que uma névoa. Eu me abrigo sob um anjo de pedra, suas asas grandes o suficiente para me manterem seca, mas Jacob não precisa ter medo de se molhar. Ele sobe no topo de uma cripta próxima, com a cabeça jogada para trás, como se estivesse gostando da tempestade.

A chuva o atravessa, mas juro que a água se desvia um pouco nos contornos dele, tracejando os limites do cabelo loiro desmazelado, dos ombros estreitos e das mãos esticadas.

Levanto minha câmera e tiro uma foto, me perguntando se vou capturar o vulto de um garoto de braços abertos na chuva.

Jacob percebe a câmera e sorri, e então escorrega, quase perdendo o equilíbrio.

Ele se segura, mas uma pedrinha se solta sob seu tênis. Ela desliza pelo telhado e espatifa no chão, interrompendo uma das histórias de minha mãe.

Todos se viram na direção do som.

Jacob faz uma careta.

— Foi mal! — diz ele para pessoas que não conseguem escutá-lo, e apenas balanço a cabeça.

Não penso sobre o fato de que *fantasmas* não deveriam ser capazes de desviar a chuva ou derrubar pedrinhas de telhados. Não penso no que pode acontecer caso a força dele continue aumentando. Não penso sobre o que isso significa para Jacob, para nós. Não penso em nada além de *não* pensar nessas coisas.

E o meu não pensamento é alto o suficiente para Jacob olhar para mim e se retrair.

Fico feliz quando chega a hora de ir embora.

Pegamos um táxi para o St. Louis n° 3 (eu queria uma carruagem puxada por cavalos, mas parece que elas não saem do Bairro Francês) e, de lá, para o Metairie, um cemitério extenso que foi um hipódromo no passado.

Se eu prestar atenção, consigo ouvir o trovejar dos cascos, a corrente de ar em minhas costas. Preciso reunir todas as forças para não atravessar o Véu, só para ver os cavalos espectrais do outro lado. Porém, fica mais fácil resistir depois que meu pai explica que o hipódromo foi um acampamento do exército confederado durante a Guerra Civil dos Estados Unidos.

Não é de se admirar que o lugar seja barulhento.

Mas, conforme caminhamos pelas largas avenidas do cemitério, ladeadas com jazigos de pedra clara, algo me pressiona. Eu me viro, procurando a fonte, mas só vejo túmulos. E, mesmo assim, agora que notei, não consigo ignorar. É como o ponteiro de uma bússola, levando minha atenção para o norte. Norte, depois dos muros do cemitério. Norte, rumo a algo que não consigo enxergar.

Mas eu *sinto* aquilo, se apoiando em meus sentidos, não como um puxão, mas um empurrão, um aviso no fundo dos meus ossos.

E não sou a única que sente.

Jacob olha fixamente na mesma direção, exibindo uma rara testa franzida.

— O que é isso? — pergunta ele, estremecendo de leve.

Alcanço Lucas.

— Oi — digo, mantendo um tom baixo, já que meus pais continuam filmando. — O que fica para lá? — pergunto, apontando na direção da pressão.

Lucas abre um mapa no celular dele. Aperto os olhos para a grade de ruas, procurando outro cemitério, ou um monumento, algo que explique a sensação esquisita, mas não há nada. Apenas bairros residenciais. Quarteirões e quarteirões de casas normais que se estendem até o lago Pontchartrain. A grande expansão de água é cortada apenas pela ponte comprida e estreita.

Lembro que meu pai falou sobre essa ponte. Ele disse que ela não era assombrada, mas devem existir várias histórias de fantasmas que meus pais *não* conhecem, que nunca ouviram. Por outro lado, estamos longe demais do lago e da ponte para eles serem a fonte do *tap-tap-tap* dos fantasmas.

Lucas guarda o celular, mas não consigo parar de olhar na direção da sensação estranha. Levo a câmera ao meu olho, ajustando o foco, como se ela pudesse me mostrar a fonte da pressão, mas só encontro lápides embaçadas. Ainda estou olhando pelo visor quando minha mãe grita:

— É isso. Acabou!

E é hora de ir embora.

* * *

Almoçamos no Garden District, uma área onde todas as casas são cobertas por heras e parecem versões menores da Casa Branca, imponentes e cheias de colunas. E então seguimos para o Lafayette, que aparentemente é apenas o Lafayette nº 1 (o pessoal daqui realmente não leva muito jeito para dar nomes a cemitérios, mas acho que as opções acabam rápido quando você tem 42 deles).

A chuva passou, mas as nuvens continuam baixas, como se pudesse recomeçar a pingar a qualquer segundo. O mundo está cinza e cheio de sombras.

— Para uma cidade tão vibrante — comenta minha mãe —, as pessoas adoram passar tempo com os mortos.

E sei que ela está prestes a começar uma história.

As câmeras a seguem por uma fileira de túmulos, e vamos atrás.

— Alguns anos atrás, um casal hospedado em um hotel aqui perto, no Garden District, decidiu passar uma tarde conhecendo este cemitério.

— Supernormal — diz Jacob.

Como se conseguisse ouvi-lo, minha mãe sorri.

— Pode parecer um jeito meio esquisito de passar o dia, mas as pessoas vêm de longe só para conhecer os cemitérios. Eles são vistos como galerias de arte, museus, exposições históricas... Algumas querem estudar ou prestar homenagens aos mortos, mas outras apenas gostam de vagar pelas sepulturas tranquilas. — Ela vai diminuindo o passo enquanto fala. — No caminho, o casal conheceu uma moça, que estava sozinha e perguntou se sabiam chegar ao Lafayette. "Venha com a gente. Também estamos indo para lá.", disseram eles. Então os três seguiram juntos, o casal e a moça, que se apresentou como Annabelle. Eles foram conversando até chegarem aos portões do Lafayette, e lá, passearam juntos, admirando os túmulos.

As histórias da minha mãe captam nossa atenção com facilidade. Eu cresci ouvindo-as antes de dormir, apesar de geralmente serem versões menos mórbidas do que essa. Mas adoro escutá-la.

Agora, ela para diante de uma das criptas.

— Em certo momento, o casal percebeu que a moça havia parado de caminhar e observava uma das sepulturas com um ar triste. Então foram até ela e perguntaram: "Você tem algum conhecido aqui? É aí que ele foi enterrado?" A mulher sorriu, apontou para o túmulo... — Minha mãe estica a mão para a porta da cripta, quase distraída. —... e respondeu: "Esse aqui é o meu."

Calafrios percorrem minha pele, e Jacob cruza os braços, fingindo que não está completamente apavorado, enquanto minha mãe conclui:

— O casal seguiu o olhar dela e viu que o nome na lápide era *Annabelle*. Quando os dois olharam de volta para a moça, ela havia desaparecido.

A mão da minha mãe ainda paira no ar, como se tentasse alcançar o túmulo. Tiro uma foto antes que ela baixe os dedos, e sei, mesmo antes de ver a foto, que essa imagem será a minha favorita.

Meu pai para ao lado de minha mãe.

— Algumas histórias de fantasmas são tipo fofocas — explica ele, assumindo seu papel de acadêmico cético. — Passadas de uma pessoa para a outra. Quem sabe se são verdadeiras? Mas o próximo cemitério é lar de algo muito mais... *tangível*.

— Que alegria — diz Jacob enquanto as câmeras são desligadas e minha mãe diz que está na hora de irmos para o São Roque.

Quando chegamos, ela está praticamente aos pulos, como se aquele fosse o brinquedo pelo qual estivera esperando.

De fora, o São Roque parece um cemitério bem normal, e esse é o tipo de comentário que eu jamais faria antes. Não é como se eu tivesse visitado muitos cemitérios antes de os meus pais resolverem se tornar os Espectores. Porém, em nossa breve aventura como uma família de investigadores paranormais itinerantes, caminhei por quilômetros de ossos e cemitérios grandes o suficiente para precisarem de placas de ruas, fui empurrada do topo de criptas, atravessei corpos em decomposição e até escalei uma vala aberta.

— Isso sem contar os cinco lugares que visitamos hoje — comenta Jacob.

Minha mãe pega minha mão e me puxa pelo portão, e sinto o silêncio habitual de lugares não assombrados. Ou *menos* assombrados.

Olho ao redor, para as fileiras de monumentos de pedra e jazigos, me perguntando por que tanto estardalhaço.

Até que entramos na capela.

— Ah, mas de jeito nenhum — diz Jacob ao meu lado.

— O que é isso? — pergunto, apesar de duvidar que eu queira saber a resposta.

Parece uma sala cheia de partes humanas. Mãos e pés. *Olhos e dentes.*

Há pernas presas às paredes, uma pilha de muletas no chão. Um braço está pendurado na mesa e parece acenar para mim. Levo um segundo para entender que os membros não são reais, que são de plástico e gesso, com a tinta descascada.

Meu estômago embrulha.

— São Roque — anuncia minha mãe —, é o padroeiro da boa saúde. Receptor não oficial de próteses.

Uma brisa atravessa a capela, e um joelho artificial estala.

— Alguns são simbólicos — explica minha mãe. — Uma mão, para alguém que tinha síndrome do túnel do carpo. Um joelho, para alguém com dores nas juntas. Mas outros são ofertados em agradecimento. As pessoas os trazem para cá quando não precisam mais deles.

Encaro a capela. Um olho de vidro me encara de volta, com a íris azul arregalada se mostrando fosca pelo tempo.

Este lugar não é assombrado.

Só é mórbido para caramba.

Saio da capela para dar espaço para a equipe de filmagem, porque é apertado lá dentro, e porque não gosto de ficar cercada por pedaços de corpos, mesmo que sejam de mentira.

Jacob e eu vagamos pelo caminho, analisando túmulos com nomes como Bartholomew Jones, Richard Churnell III e Eliza Harrington Clark. Nomes que parecem ter saído da história, de uma peça de teatro.

As vozes dos meus pais aumentam e somem dentro da capela, nos seguindo feito uma brisa. Jacob escala uma cripta e vai pulando de telhado em telhado, como se brincasse de amarelinha.

Escuto uma trovoada, e as nuvens escurecem com a promessa de mais chuva, e mal consigo sentir o Véu por trás do ar úmido.

Por um instante, sinto um alívio, uma leveza.

Então olho ao redor e me dou conta de que, ao contrário do St. Louis nº 1 ou do Lafayette, não há bandos de turistas aqui nem grupos reunidos ao redor dos túmulos.

O cemitério está vazio a nossa volta.

E é aí que me lembro do aviso de Lara.

Fique perto dos seus pais... Não saia andando sozinha por aí.

— Jacob — chamo, baixinho.

Mas, quando olho para cima e procuro pelos telhados dos jazigos, ele não está lá. Meu coração dispara, minha mão encontrando o pingente em meu pescoço.

— Jacob! — chamo, agora mais alto.

Vejo algo se mover com minha visão periférica, e giro, erguendo o espelho antes de eu ver a camisa de super-herói, o cabelo loiro bagunçado.

— O quê? — pergunta ele, se encolhendo para longe do pingente.

— Quer guardar isso aí?

Eu murcho de alívio.

— Tá — digo, um pouco abalada. — Certo.

Começamos a voltar para a capela mórbida e suas oferendas de mãos, olhos e dentes. E, na metade do caminho, o clima muda.

No início, acho que é apenas a tempestade. Talvez o frio repentino, a maneira como todo vento parece desaparecer do mundo e o silêncio sinistro sejam normais.

Mas sei que não são.

Já senti isso antes.

Na plataforma em Paris.

Na sala de sessões espíritas do hotel.

E a única palavra que posso usar é *errado*.

Há algo muito, muito errado.

Olho ao redor, mas não vejo nada estranho.

Levo a câmera ao meu olho e observo o cemitério de novo, pelo visor.

Só vejo túmulos.

E então algo surge entre eles.

No visor, parece ser... nada. Um vazio. Uma escuridão sólida. Um trecho tão preto quanto um filme fotográfico não revelado, igual ao que vi no Place d'Armes.

Quando baixo a câmera, a escuridão tem forma.

Braços e pernas em um terno preto, um chapéu de aba larga baixo no rosto, que não é um rosto, mas uma máscara de ossos brancos, com buracos pretos no lugar dos olhos. Aquela boca, formando um sorriso apertado.

O Emissário da Morte estica a mão, seus dedos enluvados se abrindo para mim.

— *Cassidy Blake* — diz ele em uma voz que soa como um chocalho, um sussurro, um chiado. — *Nós encontramos você.*

CAPÍTULO ONZE

— Cassidy, corra! — grita Jacob.

Mas não consigo.

Quando eu tento, é como se estivesse arrastando meus braços e pernas por águas geladas. E, quando tento respirar, sinto o gosto do rio em minha boca. Meus pés estão grudados no chão, meus olhos se fixaram no Emissário, e não sei se é por medo ou por algum tipo de feitiço, mas não consigo falar nem me mover. Só consigo apertar minha câmera nas mãos. A *câmera*. Meus dedos tateiam, entorpecidos, e finalmente ergo a câmera, virando-a para a figura que avança.

Aperto o flash.

Se o Emissário fosse um fantasma, pararia de andar, atordoado com o brilho repentino. Mas ele não para. Nem mesmo pisca. Apenas continua vindo na minha direção, suas pernas finas e compridas cobrindo uma distância grande demais a cada passo.

Jacob continua berrando, mas mal consigo ouvi-lo. O mundo foi tomado por um silêncio abafado. Os únicos sons que atravessam a barreira são as batidas do meu coração e os passos pesados do Emissário se aproximando de mim.

— *Você roubou de nós no passado* — diz ele, e as palavras me cercam como se fossem água.

Sinto como se tivesse voltado ao rio, o frio sugando toda a força do meu corpo.

— *Você fugiu de nós no passado.*

Ele leva uma das mãos até a máscara, e me sinto caindo para a frente, na escuridão. O Emissário curva um dedo enluvado sob a máscara de osso, começa a erguer seu rosto, quando Jacob surge, agitando os braços.

— Saia de perto da minha amiga! — grita ele, se jogando no Emissário.

Mas Jacob o atravessa, acertando o chão do outro lado. Ele desmorona, tremendo como se estivesse ensopado de água gelada. Seu cabelo pende molhado ao redor do rosto, e ele cospe água do rio na grama.

Jacob, chamo, sem emitir som.

O Emissário não parece notar nada.

Seus olhos pretos infinitos permanecem em mim.

Consigo dar um único passo cambaleante para trás, apertando meu pingente. Levanto o espelho como um escudo minúsculo entre mim e a coisa esquelética que vem na minha direção. Puxo ar para dentro dos meus pulmões e falo.

— Observe e escute — digo com a voz trêmula. — Veja e saiba. Isso é o que você é!

Mas não estamos no Véu.

E o Emissário, seja lá o que for, não é um fantasma.

O olhar dele passa direto pelo espelho e fixa-se em mim. Sua mão, então, se fecha ao redor do meu pingente e o puxa. O cordão arrebenta, e o Emissário o joga para longe. Ele bate em um túmulo, e escuto o som do vidro quebrando antes de o mundo ser novamente apagado pela voz do Emissário.

— *Nós encontramos você e vamos devolvê-la para a escuridão* — diz.

Ele se estica para a frente, e sei que, se tocar em mim, nunca poderei escapar. Eu sei, mas minhas pernas continuam parecendo blocos de gelo.

Vou para trás de novo, dou alguns passos desajeitados antes de o chão mudar abaixo de mim, passando de cascalho para pedra, e uma parede surge às minhas costas. Uma cripta, velha e decadente.

Não há para onde fugir.

Jacob tenta levantar, ainda parecendo molhado, confuso e cinzento, e, mesmo que ele fosse sólido o suficiente para lutar, não me alcançaria a tempo.

O Emissário dá outro passo, e resisto à vontade de fechar os olhos.

Não há para onde fugir, mas não vou me esconder.

Olho para cima, para o rosto de caveira, para os olhos vazios, enquanto ele estica a mão, os dedos enluvados planando no ar diante do meu peito, carregando o toque de gelo, o ar frio e as sombras profundas, a outra mão segue para a máscara.

— *Cassidy Blake* — diz o Emissário do seu jeito sussurrante —, *venha comi...*

Algo bate no chapéu do Emissário.

Uma telha.

Olho para Jacob, mas ele continua tentando levantar.

E então uma voz vem da cripta acima da minha cabeça. Uma voz britânica sofisticada.

— Cai fora, ceifeiro. Ela não vai a lugar algum com *você*.

O Emissário olha para cima, e eu também, e lá está Lara Chowdhury, em cima do telhado, usando um short e uma blusa cinza, carregando uma mochila vermelha.

Ainda estou tentando entender *como* ela está aqui (*se* está aqui), quando ela desaparece, pulando da cripta e sumindo de vista.

Talvez Lara tenha achado que o Emissário a seguiria, mas isso não acontece.

— Lara? — grito quando o Emissário volta o foco a mim.

— Cassidy — diz ela do outro lado da cripta. — Talvez seja melhor você sair da frente.

A tumba podre solta um gemido violento às minhas costas, e entendo o plano dela. Pulo para fora do caminho ao mesmo tempo que o velho jazigo balança, racha e desaba para a frente.

Ela não exatamente esmaga o Emissário. Acho que ele não é o tipo de coisa que *pode* ser esmagada.

Mas a queda levanta muita poeira e escombros, uma cobertura cinza fina. Prendo a respiração, me esforçando para não inalar aquilo. Uma mão se fecha ao redor do meu pulso, e dou um pulo, abafando um grito, mas é só Lara. A impossível e maravilhosa Lara. Que está aqui de verdade.

— Como você está aqui? — pergunto, me engasgando com a poeira da cripta. — Onde você...

— As perguntas ficam para depois — diz ela, agitada. — Agora, *corra.*

Eu cambaleio, me inclinando para alcançar meu pingente no mato da base de um túmulo. Faço uma careta quando vejo que o espelho quebrou; não está apenas rachado, mas espatifado. Eu o guardo no bolso e Lara me puxa para cima de novo e me empurra rumo aos portões.

Jacob cambaleia atrás de nós, ainda parecendo trêmulo e molhado.

— Você está bem? — pergunto.

— De zero a dez, a nota é zero — diz ele, estremecendo. — Não recomendo deixar aquela coisa encostar em você.

— Menos falatório, mais corrida — reclama Lara.

Meus ouvidos ainda estão zumbindo por causa do silêncio estranho que cerca o Emissário, mas, conforme nos aproximamos da saída do cemitério, juro que escuto música. Não a melodia lúgubre do Véu, mas o lamento agudo de um trompete, seguido por trombetas e por um saxofone.

Quando passamos pelos portões do São Roque, olho para cima e vejo um *desfile*.

Um desfile muito lento. Carros se arrastam, pessoas caminham, algumas vestindo apenas preto, outras trajadas de branco, segurando flores ou guarda-chuvas. Uma banda se espalha pelo grupo como as contas de um cordão, os instrumentos dourados brilhando, o jazz subindo pela rua. E algo se move no centro de tudo, carregado em ambos os lados por dois homens.

É um *caixão*.

Então, percebo que aquilo não é um desfile.

É um *funeral*.

Lara me puxa direto para ele.

Nós abaixamos a cabeça e abrimos caminho pelo mar lento de gente. Passamos por uma fresta entre um tambor e uma trombeta, por um par de mulheres usando chapéus com plumas e por um cavalo imponente, tropeçando até o outro lado da rua.

A procissão se estende por todo o caminho que consigo enxergar.

— É muita vida e morte — diz Lara, me puxando para trás de um carro —, o que é um bom disfarce. O Emissário vai ficar confuso, pelo menos por um tempinho.

Nós três nos agachamos perto do chão. Então Lara olha para mim e a primeira coisa que diz, a primeira coisa que diz *de verdade* para mim, é:

— Eu te disse para não sair andando sozinha. — E então ela olha para Jacob de cara feia. — Sério, é tão difícil assim cuidar dela?

— Quero só ver *você* tentar!

Jacob finalmente está com a sua aparência normal, com o cabelo loiro seco, recuperando sua cor (bem, um pouco da cor que ele tem).

Lara estala a língua e levanta seu pingente de espelho, posicionando-o acima do ombro para enxergar os portões do cemitério do outro lado do desfile.

Estico a mão para pegar o meu antes de lembrar que ele está quebrado. Minha mão paira no ar como se não soubesse o que fazer, antes de baixar até a câmera.

— Dá para ver ele? — pergunto, me mexendo para olhar também.

Sinto um frio no peito quando o Emissário surge na entrada do cemitério. Ele para sob o arco de ferro fundido do São Roque, a cabeça virando de um lado para o outro, buscando por nós. Por mim.

E então desaparece, se desfazendo feito fumaça.

— Foi embora — sussurro.

— Por enquanto — diz Lara, colocando em palavras a parte na qual eu não queria pensar.

O Emissário surgiu do nada e desapareceu do nada. O que significa que pode estar em qualquer lugar.

Nós desabamos no carro, esperando a procissão passar.

— Lara — digo. — Como *foi* que você chegou aqui?

— De avião — diz ela, como se *essa* fosse a parte que precisasse ser explicada. — Eu estava no aeroporto, e o voo dos meus pais já tinha saído. Você sabe que meu plano era voltar para casa, mas comecei a pensar: você não sabia o que fazer, e eu sempre quis conhecer Nova Orleans, com a Sociedade do Gato Preto e tal. Então mudei a passagem.

— Você só... mudou a passagem?

— Acrescentei uma escala, na verdade. Não é tão difícil assim. Fiz pelo celular. Sei o número do cartão de crédito dos meus pais. E o voo de Chicago para Nova Orleans é rápido.

Até Jacob parece impressionado.

— Meus pais vão demorar para me ligar — diz ela —, e eu sabia que você não conseguiria lidar com um Emissário sozinha, então...

Eu a puxo para um abraço.

Lara fica um pouco dura, nitidamente desacostumada com o gesto afetuoso. Mas não se afasta.

— Obrigada — digo, apertando-a.

Ela dá um tapinha no meu braço e olha para trás.

— É melhor a gente ir.

Ela tem razão. A música está diminuindo, com o cortejo seguindo adiante, levando nosso disfarce embora.

— Como você me encontrou? — pergunto quando levantamos.

— Os intermediários são um grupo unido — diz Lara, me cutucando no peito.

E entendo o que ela quer dizer. Há uma conexão — não física, mas real — entre nós. Como uma bússola que aponta para o norte. E isso me faz lembrar, por um segundo, da sensação esquisita que tive no cemitério Metairie, de ser puxada e empurrada ao mesmo tempo, e estou prestes a perguntar a Lara se ela sabe o que pode ter sido quando uma voz atravessa a rua.

— Cassidy Blake! — chama minha mãe, irritada.

O cortejo sumiu. A rua está vazia de novo, e minha mãe a atravessa batendo os pés.

— Quantas vezes a gente já falou para você não sair de perto durante as... Ah, nossa, Lara? É você?

— Olá, Sra. Blake.

— Desculpa! — digo. — Eu queria ver o desfile. Ou o cortejo, sei lá. E encontrei a Lara!

Lara me lança um olhar.

— Ela quer dizer que a gente combinou de se encontrar, e ela me disse onde vocês estavam.

Minha mãe pisca.

— Sim, mas o que é que você está fazendo aqui?

O sorriso de Lara aumenta.

— Acredita que eu estava por aqui? A minha tia mora no Bairro Francês.

— A Sra. Weathershire? — pergunta minha mãe, se lembrando da nossa anfitriã na Escócia.

— Ah, não, outra tia — responde Lara com hesitação, e agora é a minha vez de lançar um olhar para *ela*. — Faz meses que ela me convida para fazer uma visita, e, quando a Cassidy me contou que vocês vinham para cá, achei que seria o momento ideal.

— Nossa, que coincidência — diz minha mãe, devagar.

— Ela não vai acreditar nunca — comenta Jacob.

Mas Lara Chowdhury tem um poder sobre os adultos. Não sei se é o sotaque britânico ou a postura perfeita, o fato de seu cabelo preto estar sempre perfeitamente trançado, e suas roupas limpas e passadas, ao passo que eu sempre pareço ter atravessado uma tempestade; mas todos falam com *ela* como se fosse adulta.

— Enfim — diz Lara. — Sei que vocês estão ocupados com as gravações, mas será que Cassidy e eu podemos passar um tempo juntas?

Minha mãe pisca.

— Bem, sim, com certeza, mas... — Ela olha para um lado e para o outro da rua. — A sua tia veio com você?

— Ah, ela está no trabalho agora, mas vamos nos comportar.

Minha mãe hesita, nitidamente dividida entre o fato de eu viver me metendo em encrenca e a informação de que fiz uma amiga.

Jacob pigarreia.

Uma amiga *viva*, corrijo.

Minha mãe olha de volta para o São Roque.

— Bem, nós estamos *quase* terminando por hoje...

— Que ótimo — digo, com Lara me puxando pela calçada. — A gente se encontra no hotel!

— Tá... tá bom — diz minha mãe, parecendo um pouco nervosa. — Mas quero vocês de volta *antes* de anoitecer.

— Pode deixar, Sra. Blake — responde Lara com um sorriso perfeito, me puxando pela esquina.

Assim que saímos de vista, Lara pega o celular. Um mapa de Nova Orleans preenche a tela.

— O segredo com os adultos — diz ela, começando a descer o quarteirão — é não dar a eles tempo para pensar.

Ela sempre andou rápido, e preciso correr para acompanhá-la.

— Para onde vamos? — pergunto.

— Não é óbvio? — responde ela. — Vamos encontrar a Sociedade.

PARTE TRÊS
A SOCIEDADE DO GATO PRETO

CAPÍTULO DOZE

Lara caminha como se tivesse um objetivo em mente.

Quer dizer, nós *temos* um objetivo, mas ela sempre anda assim. Como se soubesse aonde vai. Mesmo quando não sabe.

— Achei que você não soubesse onde a Sociedade fica — grito, me esforçando para acompanhar seu ritmo.

— Não sei — responde ela, ajeitando a mochila vermelha. — Mas é uma sociedade secreta dedicada ao paranormal, então deve existir *algum* tipo de placa.

Olho ao redor, para os cartazes em vitrines que anunciam leituras de mão e tarô, vodu e passeios para visitar pontos turísticos ligados a vampiros. A cidade tem muitas placas, mas, pelo que consigo ver, nenhuma fala da Sociedade.

Lara finalmente diminui o passo e para.

— Se eu estivesse encarregada de uma sociedade paranormal, como vai acontecer um dia, colocaria a placa em um lugar onde outras pessoas paranormais conseguissem encontrá-la. — Ela se vira para mim com um olhar expressivo.

— Tipo o Véu — digo, entendendo.

— Exatamente.

Lara dá uma volta e pega a cortina.

Jacob e eu a seguimos.

O ar se abre, e sinto a onda de frio agora familiar, a breve sensação de cair, antes de o mundo voltar, mais cinza e mais estranho do que antes.

Assim como aquela visão dupla esquisita, a impressão é de que estou parada em vários lugares ao mesmo tempo; ou em várias versões de um lugar. Uma hora, a fumaça preenche minha visão, carregando o cheiro chamuscado de fogo. Na outra, vejo pessoas caminhando de braços dados em um dia ensolarado. O jazz se espalha pelas ruas, junto com risadas, gritos e o gemido distante de uma sirene.

— Nossa, que confusão — diz Lara, fechando um olho, depois o outro, tentando se concentrar.

Ela posiciona uma palma sobre o rosto como um tapa-olho e começa a andar. Passamos por carros compridos, por cavalos imponentes e por um grupo de homens com ternos largos. O fogo toma conta de uma casa, enquanto um casal dança na varanda vizinha.

Pressiono uma mão no peito, tentando esconder a luz azul-esbranquiçada.

— Você não tinha dito para *não* entrarmos no Véu?

— Sim — responde Lara, virando a mochila para tampar o peito, extinguindo sua luz avermelhada. — Mas a situação tomou um rumo mais drástico. Então temos que ser rápidas. Entrar e sair. O que seria mais fácil se soubéssemos por onde começar — continua ela, meio que falando sozinha. — Vejamos, a Sociedade existe há séculos, então é provável que fique na parte mais antiga do Bairro Francês.

Seguimos para a Jackson Square, que parece ser um bom ponto de partida.

Não há sinal dos artistas de rua, dos homens e mulheres vendendo bugigangas em mesas de armar. Mas a praça está lotada de fantasmas e outras pessoas que fazem parte do cenário, como figurantes de uma peça.

É fácil perceber a diferença.

Os fantasmas têm uma aparência sólida. Humana. Real. Os outros parecem e se movem como espectros. É como a diferença entre pedras e lenços de papel.

Pulo para trás quando alguns bombeiros espectrais passam correndo, carregando baldes de água. Eles estão ali em um segundo, mas desaparecem no outro, sendo substituídos por uma dupla que toca saxofone na sombra.

Um fantasma se encosta em um pilar próximo, com a cabeça baixa, batendo a bota no chão no ritmo da música, mas não é isso que chama minha atenção.

Não, o que eu vejo é a machadinha apoiada em seu ombro.

Jacob também a vê.

O Homem do Machado de Nova Orleans.

— Nada disso — diz ele, me puxando para longe.

As vozes aumentam no centro da praça, e meu estômago se revira quando vejo um bloco de madeira para execuções. Dou graças aos céus quando Lara resmunga:

— Não, não está aqui. — E ela entra em uma rua lateral.

Jacob e eu vamos atrás dela, mas Lara começa a cambalear. Ela se apoia em uma porta, como se estivesse tonta.

— Tudo bem? — pergunto.

— Sim — responde ela, parecendo prestes a desmaiar.

— Por quanto tempo você consegue prender a respiração?

Ela franze a testa.

— Quê?

— Quero dizer, aqui no Véu, quando fico durante muito tempo, me sinto sem ar.

— Ah, sim, isso. Para ser sincera, nunca fico tanto tempo assim.

É óbvio. Lara Chowdhury não passeia. Ela não faz longas excursões pelo Véu. Não chama atenção.

— Precisamos ir embora — digo a ela.

— Só depois de encontrarmos o lugar. — Ela esfrega os olhos. — Deve ser por aqui.

Olho ao redor, torcendo para encontrar uma dica. Mas então lembro que já encontrei uma. Pego o celular.

— Cassidy — diz Lara. — Tenho certeza de que não tem sinal aqui.

Mas não quero ligar para ninguém. Abro a foto que tirei do gato preto. Ele estava parado diante de uma loja chamada Fio & Osso. Noto um número treze forjado em ferro preso acima da porta. Olho ao redor, tentando me localizar, e saio andando.

Lara cambaleia atrás de mim.

— Aonde você vai?

— Seguir uma pista. — Viro uma esquina e quase esbarro em duas mulheres usando vestidos gigantes e antiquados.

— Céus! — exclama uma.

— Que deselegante — desdenha a outra.

Peço desculpas rápido e sigo em frente. A loja ficava em algum lugar por aqui. Eu lembro. Todas as ruas no Bairro Francês são meio iguais, com poucos detalhes diferentes. Achei que a loja ficasse na Bourbon, ou era na Royal?

Lara me alcança e olha para a foto na tela.

— Um gato? — questiona ela, incrédula. — Nós estamos em Nova Orleans. Você tem noção de quantos gatos pretos existem nesta cidade?

Pois é. Mas também sei que essa é a única pista que temos, e talvez, só talvez... Entro em uma rua chamada Dauphine. E lá está.

Fio & Osso.

Ou uma versão dela, pelo menos.

A loja que vi ontem tinha uma cortina de contas no lugar da porta, e a placa era mais nova. A do Véu é uma versão mais antiga.

Infelizmente, também parece ser normal.

Normal para o Véu, ao menos, o que significa que é tão desbotada e cinza quanto as outras lojas. Não há nenhum brilho, nenhum sinal de luz, nada que diga: *Você chegou!* ou *Parabéns! Você encontrou a Sociedade do Gato Preto.*

Lara e Jacob me alcançam e param ao meu lado, encarando a loja.

— Bom, mas que perda de tempo — diz Lara, ofegante.

Meu coração aperta, e desejo que as coisas pudessem ser simples só uma vez. Apoio o peso nos calcanhares enquanto Jacob passa marchando por nós e vai até a loja.

— O que você vai... — começo, mas então ele estica a mão para a maçaneta, um *créc* altíssimo soa, e, por um instante, o mundo fica *branco.*

Uma vibração gigante, cheia de estática, preenche o ar, e Jacob voa para trás por vários metros, aterrissando no meio da rua. Uma carruagem fantasmagórica desvia, com o cavalo empinando, e Jacob geme:

— Ai.

— Jacob! — grito, correndo até ele.

— Estou bem — murmura, e suas roupas soltam fumaça enquanto ele se levanta.

— O que *foi* aquilo? — pergunto.

— Aquilo — diz Lara, com as mãos no quadril — foi promissor.

Ela se aproxima da porta.

— Tome cuidado — chio enquanto a mão dela paira sobre a maçaneta de metal.

Ela passa os dedos pela superfície e se afasta como se tivesse queimado.

Então vira para nós e sorri.

— É uma proteção! — anuncia ela.

Jacob cruza os braços.

— Tipo as ervas e tal que servem para afastar fantasmas?

— Sim e não — diz ela. — Essa proteção é *muito* mais forte. O meu palpite é que seja projetada para repelir qualquer um sem convite. — Ela se vira para mim. — O que significa que você tinha razão.

E, antes de eu conseguir saborear essas palavras, Lara já está se esticando para segurar a cortina. Ela desaparece pelo Véu, e eu pego a mão de Jacob e a sigo, passando pela onda de frio e entrando em uma nuvem de calor enquanto meus pés se acomodam de volta ao chão, o mundo real voltando às pressas.

Estamos parados diante da Fio & Osso. Só que, agora, a porta sumiu, sendo substituída por uma cortina de contas vermelhas, a placa foi retocada e, na calçada, está um gato preto.

Não qualquer gato preto, mas o que vi no dia anterior, com os olhos de ametista. O gato nos encara. Se ele está surpreso por ver duas garotas e um fantasma saindo do Véu para a terra dos vivos, não demonstra.

Apenas boceja e se alonga, balançando o rabo de um lado para o outro.

Lanço um olhar para Lara que diz: *Viu só?*

Ela revira os olhos e diz:

— Tá, tudo bem.

O gato preto se vira e entra na loja pela cortina de contas. Ele para do outro lado, olhando para trás como se dissesse: *Venham comigo.*

E nós obedecemos.

CAPÍTULO TREZE

A Fio & Osso é uma loja de vodu.

Ou pelo menos é feita para parecer uma. Cada centímetro do espaço é coberto por velas, cristais e amuletos. Echarpes de seda e vidros de óleo. É como se fosse uma loja do Beco Diagonal, e preciso lembrar a mim mesma que Harry Potter é fantasia, e isto é real. Jacob me segue, prendendo a respiração, mas quando por fim inspira, dando uma fungada discreta e hesitante, suspira de alívio.

Não há repelentes de espíritos no interior.

Apenas uma prateleira de velas, presas com fitas de cores diferentes. Bonecas feitas de galhos e tecidos brancos. Pacotes de incenso. Uma tigela com miçangas azuis e brancas.

Diminuo o passo para observar o quadro de um homem magro parado em uma encruzilhada. A imagem me lembra o Dois de Espadas, e estou prestes a me aproximar dela quando escuto Lara dizer:

— Achei!

Nós a encontramos nos fundos da loja, parada diante de uma porta coberta por uma cortina preta. Há um símbolo bordado no pano escuro, um *S* ornado, por cima de uma estrela.

Lara tira um cartão do bolso e o levanta. O mesmo símbolo estampa o papel. Eu também o reconheço do cartão que veio com meus sachês de sálvia e sal em Paris.

A Sociedade do Gato Preto.

Meu coração acelera, e Lara parece eufórica, mas tira um momento para alisar a camisa e passar a mão pela trança. Então estica a mão para a cortina preta, pronta para afastá-la, como se fosse o Véu.

— Vocês não podem entrar aí.

Todos damos um pulo, nos virando para a voz.

Há uma moça sentada atrás da bancada da loja.

Juro que ela não estava ali antes. Ou talvez estivesse tão imóvel que não notamos sua presença. Mas parece difícil não notá-la. Ela deve ter uns vinte e poucos anos, é branca, com o cabelo tão loiro que é praticamente platinado. Ele é raspado de um lado, mas as mechas caem feito ondas do outro.

— Posso ajudar com alguma coisa? — pergunta ela.

Lara se empertiga, tomando o controle da situação.

— Viemos ver a Sociedade.

— A Sociedade? — repete a moça, arqueando uma sobrancelha.

Jacob e eu trocamos olhares, nos perguntando se estamos no lugar certo. Mas Lara nem pisca.

— Do Gato Preto — diz ela.

A moça nos encara, inexpressiva. O gato que estava do lado de fora pula na bancada de vidro e ronrona, seus olhos roxos focados em nós.

— Este gato preto? — pergunta a moça, fazendo carinho nele.

Lara bufa.

— Não. Escuta...

— Onde estão seus pais?

Isso faz Lara perder a cabeça.

— Os *meus* pais estão indo para a América do Sul, e os pais da Cassidy estão em um dos 42 cemitérios da sua cidade, gravando um programa sobre fenômenos paranormais...

— Nossa, *isso* parece divertido!

— E nós estamos *aqui* porque precisamos da ajuda da Sociedade, e não venha me dizer que ela não fica aqui, porque a loja está protegida no Véu, Cassidy seguiu o gato, e eu vi o símbolo na cortina, que é igual ao do meu cartão.

Lara está ofegante quando bate o cartão de visitas na bancada.

A moça o ergue com cautela, mas o ar confuso desapareceu, sendo substituído por um sorriso travesso.

— Como você arranjou isto?

— Meu tio-avô era membro.

— Mas você não é.

— Um detalhe técnico — diz Lara entredentes. — Por causa do etarismo no regulamento, mas vou dar um jeito nisso. Sabe, Cassidy e eu somos intermediárias.

— Andarilhas do Véu! Que interessante — diz a moça, se inclinando para a frente, apoiada nos cotovelos. — Não temos mais desses. A gente tinha um, mas ele... — Ela perde o fio da meada.

— Morreu? — pergunto, nervosa.

— Caramba, não — responde ela em um tom animado. — Ele se mudou para Portland. Lá não tem fantasmas. É uma peculiaridade esquisita da região ou cois...

— Então a Sociedade *fica* aqui? — interrompe Lara.

— Ah, sim — diz a moça, acenando com a mão. — Mas, sabem como é, precisamos tomar cuidado. Não podemos sair contando para todo mundo que aparece.

Jacob foi se aproximando da bancada, e do gato.

— Este é o Ametista, aliás — diz a moça. — Mascote e protetor.

— Protetor do quê? — pergunto.

Ela dá de ombros.

— Pessoas. Os gatos se interessam pelo sobrenatural. Eles costumam ser vistos como presságios, sinais de perigo, mas também são amuletos contra essas coisas. Gatos são protetores excelentes. São muito corajosos — acrescenta ela, fazendo carinho atrás das orelhas de Ametista.

Penso em Ceifador, deitado feito um pacote de pão ao sol. Uma vez, um inseto pousou perto dele, e, em vez de atacá-lo, ele se levantou e foi embora.

— E sensitivos — diz ela, acariciando entre as orelhas do gato. — Eles sentem os problemas.

Jacob balança os dedos diante do rosto do gato.

A moça atrás da bancada o encara.

— Não chateie meu gato, por favor.

Ela volta a prestar atenção em nós, mas Jacob fica olhando para ela, seus olhos tão arregalados que parecem bolas de gude.

— Cassidy — chia ele, baixinho —, acho que ela consegue…

— Ver você — conclui a moça. — Sim. Eu seria uma péssima médium se não conseguisse enxergar fantasmas.

Jacob puxa o ar. Seus olhos se estreitam.

— Quantos dedos estou mostrando? — pergunta ele.

— Dois.

Ele arfa.

— Ninguém nunca me viu antes.

— Eu *sempre* vi você — digo, magoada.

— Eu também — acrescenta Lara, parecendo mais irritada do que chateada.

— Quis dizer pessoas normais — rebate ele.

— Ah, não tem ninguém normal aqui — diz a garota, dando uma risada. — Intermediárias — reflete ela, olhando para mim e Lara. — E vocês são amigas de um fantasma? Eu achava que intermediários não fossem com a cara dos espíritos.

— Não vamos — responde Lara.

— Ele é diferente — explico.

Jacob infla um pouco o peito.

A médium o observa.

— Sim — diz ela. — Acho que é mesmo. — Ela se direciona diretamente a Jacob. — Você parece meio... corpóreo para um fantasma.

— Ora, obrigado — diz Jacob.

— Não foi um elogio — esclarece ela, voltando a prestar atenção em mim e Lara. — Eu me chamo Philippa, aliás. Agora, por que vocês querem contato com a Sociedade?

Lara olha para mim. Pigarreio.

— Estou sendo perseguida por um missionário da Morte.

— Emissário — corrige Lara.

— Eita — diz Philippa. — Isso parece sério. Espere um pouco.

Ela toca um sino, e, alguns segundos depois, duas pessoas saem de trás da cortina nos fundos da loja. Uma mulher negra de meia-idade usando óculos cor-de-rosa e um homem branco mais novo com muito cabelo preto. As entradas em seu cabelo o tornam digno de uma história de vampiros.

— Temos convidados — anuncia Philippa para os dois, animada. — Andarilhas do Véu! Ou, como foi que vocês chamaram, intermediárias? Enfim, essas são Cassidy e Lara.

Lara e eu nos entreolhamos.

Nunca nos apresentamos.

Jacob pigarreia, e Philippa acrescenta:

— Ah, sim, desculpa, e Jacob, seu amigo incorpóreo. Essa — diz ela, apontando com a cabeça para a mulher — é a atual presidente da Sociedade, Renée. E esse é Michael, nosso especialista em proteções e feitiços. Nosso historiador saiu, infelizmente.

— Lara Chowdhury — diz Renée, olhando-a de cima a baixo. — Recebi suas cartas.

— Mas ainda não me aceitou na Sociedade...

— Não estamos aqui por isso — digo, impaciente.

Renée se volta para mim.

— Sim, o que as traz à Sociedade?

— Precisamos de ajuda — digo. — Estou sendo caçada por um Emissário.

Renée franze o cenho.

— Realmente — diz ela, séria. — Pois bem, venham aqui atrás.

Ela gesticula para Michael, que abre a cortina. Lara e eu entramos, saindo da loja e passando para um cômodo apertado. Jacob tenta nos seguir, mas, quando alcança a cortina, começa a fungar e espirrar. E, quando tenta passar mesmo assim, ele é... repelido. Como se houvesse uma placa de vidro no lugar da porta aberta.

Ele esfrega a testa.

— Ah, sim — diz Philippa. — Esse cômodo é protegido, infelizmente.

Jacob olha para mim, para Lara, para o chão, e enfia as mãos nos bolsos.

— Acho que vou esperar aqui então — diz ele, e juro que sinto a temperatura diminuir com seu humor.

— Já volto — digo para Jacob.

Philippa bate em um banquinho perto da bancada.

— Senta aqui e fica esperando comigo — diz ela. — Vou te mostrar um truque legal.

Jacob franze um pouco a testa, e percebo que nunca encontramos um lugar onde ele não conseguisse me seguir. Mas ele se vira, e suas costas são a última coisa que vejo antes de a cortina se fechar entre nós.

CAPÍTULO CATORZE

A sala da Sociedade está abarrotada de livros.

Prateleiras ocupam todas as paredes, sendo interrompidas apenas por sofás, poltronas e uma mesinha de centro redonda. Parece um pouco com uma biblioteca, um pouco com um escritório, e um pouco com a sala de sessões espíritas do Muriel's, igualmente desordenada, porém bem menos sinistra.

É tão silencioso aqui, e levo um segundo para perceber que é por causa do Véu. Ou melhor, pela ausência dele. Desde que cheguei a Nova Orleans, o outro lado esmaga meus sentidos. Mas, aqui, na sala dos fundos da Fio & Osso, o Véu desaparece, levando os sussurros e a música embora.

— Achei que a Sociedade fosse... — Lara gira em um círculo. — Maior.

— As aparências enganam — diz Renée, dando de ombros. — Sentem.

Sento com as pernas cruzadas em um pufe duro, Lara escolhe uma poltrona de encosto alto. Suas pernas nem alcançam o chão, mas ela ainda assim parece majestosa. Michael se apoia nas estantes, e Renée permanece de pé, com os braços cruzados, nos analisando por trás dos óculos cor-de-rosa.

— Intermediárias — reflete ela. — Vocês duas são muito jovens.

— A idade não passa de um número — responde Lara, ríspida —, como escrevi nas minhas cartas.

— Sim, como escreveu nas suas cartas. E como eu disse, Srta. Chowdhury, as restrições da Sociedade em relação à idade existem por um motivo.

— Bom, é um motivo leviano, na minha opinião.

— Desculpa — digo —, mas podemos nos concentrar na coisa com a máscara de caveira que está tentando me matar?

— Ele não quer matá-la — diz Renée.

— Não no sentido literal — acrescenta Michael, tirando um livro da prateleira. — Ele quer desfazer o fato de você ter sobrevivido.

Por algum motivo, isso não me consola.

— Tudo bem — digo —, e como faço ele *parar*?

Michael folheia o livro, depois balança a cabeça.

— Não sabemos muito sobre Emissários — diz ele. — No geral, eles só perseguem andarilhos do Véu, ou intermediários, como vocês chamam. E não temos um desses desde...

— Desde que ele se mudou para Portland — conclui Lara —, sim, ouvimos falar.

— E não deixou anotações — diz Michael, guardando o livro de volta na estante.

— Certo — digo, resistindo à vontade de colocar minha cabeça entre as mãos. — Então ninguém sabe o que eu preciso fazer?

— Não foi isso o que eu disse — responde Michael.

— *Nós* não sabemos o suficiente — diz Renée. — Mas talvez outros membros saibam.

Olho ao redor do cômodo minúsculo.

— Tem mais?

Renée sorri e abre as mãos.

— Esta é a filial mais antiga da Sociedade e os membros anteriores costumam ficar por aqui — diz ela.

Membros anteriores.

Fantasmas.

Penso no tio de Lara, passando tempo na sua sala de estar apesar de não estar preso lá, apesar de poder seguir adiante. Permanecendo para trás porque quer ajudar.

— Existem alguns intermediários no grupo. Talvez algum deles saiba. — diz Michael.

Lara e eu nos olhamos. Temos que voltar para o Véu.

Ela estica uma mão. Mas eu hesito.

— E se o Emissário estiver esperando lá? — pergunto.

— Estamos na Sociedade, Srta. Blake — diz Renée. — Ela é protegida de diversas formas. Penso no nosso Véu como um cofre. Um lugar muitíssimo seguro.

Seguro.

Se eu aprendi uma coisa nas últimas semanas é que adultos adoram usar essa palavra. Mas eu vi, de fato, a loja repelir Jacob. E não me restam muitas opções.

Pego a mão de Lara, e, juntas, alcançamos o Véu, e, apesar de ele não estar fazendo barulho nem me pressionando, está bem ali, esperando sob meus dedos. Afasto a cortina para o lado e prendo a respiração para me preparar para o momento de escuridão, a onda de frio, a sensação de queda.

E voltamos.

Lara parece um pouco corada, e me questiono o que ela sente quando atravessa. Mas sei que não é o momento para perguntar.

Olho ao redor em busca de Jacob antes de lembrar que ele não está aqui.

Entrar no Véu sem ele parece errado.

Como se uma parte de mim estivesse faltando.

Quanto à sala da Sociedade, ela parece igual. Talvez um pouco desbotada, e ainda mais abarrotada. Não há sinal de Renée ou Michael, é óbvio, mas não estamos sozinhas.

Uma garota da minha idade, igualmente pálida, com uma coroa de cabelos escuros e um vestido de alcinha amarelo está apoiada na parede, virando um cubo mágico.

Um homem de meia-idade usando gravata-borboleta tira uma soneca no sofá, e uma idosa com cachos grisalhos despenteados está sentada ao lado dele, os dedos dobrados sobre uma bengala, encarando a parede como se fosse uma janela.

Um homem negro mais velho de bigode olha para cima, abandonando seu livro.

Uma moça branca de cabelo curto vagueia pelo cômodo, segurando uma caneca de café que diz PENSE EM UM NÚMERO.

— Ah, olá! — exclama ela, como se a aparição de duas novas intermediárias fosse completamente normal.

Ela aponta com um dedo para a luz azul-esbranquiçada no meu peito, e me afasto por instinto.

Ela solta uma gargalhada.

— Uma andarilha do Véu. — Ela olha para Lara. — Duas! Que quarta-feira agitada! Hoje é quarta-feira? É tão fácil perder a noção do tempo.

— Faz diferença? — pergunta a garota com o cubo mágico, seu sotaque sendo nitidamente de Louisiana, meloso e doce.

— O tempo sempre faz diferença — responde o homem mais velho com o livro.

— Até parar de fazer — diz a idosa.

— Olha só para a gente, tagarelando — diz a mulher com a caneca.

— Onde estão nossos modos? Eu me chamo Agatha.

Lara e eu nos apresentamos.

— Sentem, sentem — diz Agatha. — Fiquem à vontade.

Não há muito espaço, mas nos empoleiramos na beirada dos móveis empoeirados.

— Aquele é o Theodore — diz Agatha, apontando para o homem com o livro. — Hazel — continua ela, indicando a garota de vestido e com o cubo mágico. — Charles... acorda, Charles! — berra ela para o homem de gravata-borboleta. — E Magnolia — conclui, apontando com a cabeça para a idosa apoiada na bengala.

— Vocês todos são... foram intermediários? — pergunto.

— Nossa, não. E usamos o presente aqui, menina. Assim, nos sentimos mais atualizados. Hazel e eu somos médiuns. — O olhar da garota se afasta do cubo mágico. — O Charles... Alguém pode acordá-lo? É historiador. A Magnolia cuida do vodu, e o Theodore é... Ou, desculpa, Theo, preciso dizer *era*... um andarilho do Véu.

Olho para o peito de Theo, onde a luz estaria. Ela está apagada agora, é óbvio.

— E vocês ficam aqui? — pergunta Lara.

— Fazemos turnos. Alguns de nós são mais animados do que outros. Mas, vejamos, o Harry e a Renata estão patrulhando, o Lex devia estar reforçando as proteções da loja depois de *alguém* tentar entrar — Ela levanta uma sobrancelha expressiva enquanto fala —, e, conhecendo a

Sam, ela deve estar bebendo gim e ouvindo jazz na praça. — Ela toma um gole da caneca. — E vocês duas? São jovens demais para fazer parte da Sociedade.

Hazel pigarreia. Ela parece ter a nossa idade.

— Bem, sim, mas o seu caso foi trágico — diz Agatha para ela, e então volta a olhar para Lara e eu. — Vocês não estão mortas. Só de passagem. Como podemos ajudar?

Lara se empertiga toda, mas continua mais baixa do que eu.

— Viemos buscar orientação.

— Não precisa ser tão formal — diz Agatha. — Só contem qual é o problema.

Lara olha para mim.

Engulo em seco e digo:

— Estou sendo caçada por um Emissário.

Por um segundo, ninguém diz nada.

Hazel me encara com os olhos arregalados, tristes, e a idosa, Magnolia, bate com a bengala no chão, pensativa.

Agatha concorda com a cabeça e diz:

— Certo. Conta tudo para a gente.

Faço isso. Conto sobre o desconhecido na plataforma de metrô em Paris. Conto sobre o Place d'Armes e a sessão espírita, a caveira na pedra, a voz no escuro e o que ela disse. Conto sobre como escapamos por pouco no São Roque, e, quando acabo, as palavras pairam no ar por um instante, feito fumaça.

E é então que o homem que tirava a soneca, Charles, suspira e acorda.

— Que problema — diz ele, e sinto que está sendo sutil.

— O historiador desperta! — repreende Agatha. — Sinceramente, Charles. Isto é uma sociedade, não um solário. Pois bem, Theodore

— diz ela, se virando para o homem com o livro, o intermediário —, você já viu um Emissário?

O homem mais velho de bigode fecha o livro.

— Só uma vez. Me deu calafrios. Sorte que ele não me viu. Mas perdemos uma andarilha do Véu, não foi? Alguns anos atrás.

O historiador, Charles, concorda com a cabeça para a estante.

— Joanna Bent — diz ele. — Ela seguiu seu rumo, mas deixou anotações.

Hazel deixa o cubo mágico de lado e analisa os livros, passando os dedos pelas lombadas antes de puxar um diário fino e folhear as páginas.

— Emissários são perigosos — diz Theodore. — Parecem faróis, analisando a escuridão.

Hazel pigarreia.

— Emissários da Morte — lê ela em seu sotaque sulista — são atraídos por coisas que estão fora do lugar. Pela vida na presença da morte, e pela morte na presença da vida. Por pessoas que personificam os dois.

— É por isso que eles são tão bons em encontrar intermediários — diz Lara. — Somos vida e morte misturadas.

Balanço a cabeça.

— Mas não entendo *por que* eles querem nos achar. Intermediários têm um propósito. Nós limpamos o Véu. Mandamos os espíritos adiante. A Morte não devia gostar da gente?

Agatha faz biquinho.

— Acho que a Morte não se importa com os mortos. Pense no que o Emissário disse. "Você roubou de nós." Ele estava falando da sua *vida*. Os fantasmas no Véu perderam a vida. É só olhar para os fios em nossos peitos. — Ela gesticula para si mesma. — Nossa luz se apagou. Mas você...

Olho para o brilho azul-esbranquiçado atrás das minhas costelas.

— Foi isso que você roubou, quando sobreviveu. É isso que a Morte quer de volta.

Esta conversa não está me tranquilizando. Queria que Jacob estivesse aqui. Penso em tudo, o mais alto que consigo, e torço para ele conseguir me escutar através das proteções e do Véu.

Engulo em seco e me viro para Agatha.

— O Michael disse que o Emissário quer desfazer a sua sobrevivência. Então, se ele me pegar, vai... fazer o quê? — Um som nervoso escapa da minha garganta. — Me afogar?

Os membros trocam um olhar demorado, uma conversa silenciosa, antes de Magnolia dizer em uma voz rouca:

— Ele vai levá-la de volta.

— De volta para onde? — pergunto. — Para o Véu?

— Não — diz Charles, agora completamente desperto. — Para o lugar depois do Véu. Para o outro lado.

Meu peito se aperta. Estou me sentindo tonta.

— O que podemos fazer? — questiona Lara, e posso escutar a energia nervosa invadindo sua habitual calma.

— Se escondam — diz Hazel.

Mas não *podemos*.

— De que adianta nos escondermos? — rebato, irritada.

— A Cassidy tem razão — diz Agatha. — Não faz sentido se esconder de algo como a Morte.

Olho ao redor, subitamente nervosa.

— Não se preocupa — acrescenta ela. — Nada entra na Sociedade sem convite.

— Eu sabia — sussurra Lara.

— Tipo um vampiro — digo, porque é o tipo de coisa que Jacob diria se estivesse aqui.

Mais ou menos no mesmo instante, começo a perceber outra coisa esquisita na sala.

Normalmente, o tempo no Véu é uma bomba-relógio. Se eu passar tempo demais lá, minha cabeça começa a girar, me sinto tonta e desorientada. Um lembrete de que, mesmo que eu consiga transitar entre os mortos, ainda pertenço ao mundo dos vivos.

Mas não me sinto tonta aqui.

Não me sinto errada nem deslocada.

Eu me sinto... *segura.*

Seria bom poder ficar aqui. Mas sei que não posso.

— Se eu fosse você, evitaria cemitérios — diz Hazel, falando para seu cubo mágico. — Qualquer lugar que pertença apenas aos vivos ou aos mortos. É melhor permanecer em locais confusos — acrescenta ela —, onde a energia é tão bagunçada quanto a sua.

— A boa notícia — diz Agatha — é que Nova Orleans é o lugar perfeito para se misturar.

Penso no cortejo fúnebre, em toda aquela vida cercando a morte. Na maneira como o Emissário se desfez e desapareceu. Talvez ele tenha ficado sobrecarregado. Talvez.

Mas não posso me esconder para sempre. Estou cansada de sentir medo, de ver aquela caveira em todos os cantos e sempre que fecho meus olhos.

— O Emissário não vai desistir, né? Até ser morto. — Olho ao redor da mesa. — Então como alguém mataria um Emissário da Morte?

— Impossível — diz Charles.

Meu coração aperta.

— Você precisa bani-lo — diz Hazel.

— Os espelhos não funcionam — digo, perdendo a esperança. — Eu tentei.

— Não, não funcionariam mesmo — responde Theodore. — Um Emissário sabe exatamente o que é. E ele fisgou você, feito um peixe na isca. Você não vai escapar enquanto ele conseguir puxar a linha.

— Que ótimo — digo, me inspirando o máximo possível no sarcasmo de Jacob.

— Mas — diz Magnolia, levantando um dedo murcho —, com as ferramentas certas, você pode arrebentar a linha.

Lara e eu trocamos olhares.

— Como? — pergunta Lara.

Um debate rápido é iniciado entre os membros, primeiro sobre se isso é mesmo possível, e depois, quando concordam que sim, sobre o que vamos precisar para o plano dar certo.

Não dá para fazer anotações dentro do Véu, mas Lara tem uma memória tão boa que chega a ser assustador.

— E vocês têm certeza de que vai dar certo? — pergunto quando os membros da Sociedade terminam de explicar.

— Será perigoso — diz Agatha —, mas você já está acostumada com isso, né?

Nós agradecemos pelo tempo que dedicaram a nós e pela ajuda.

— Que bobagem — diz ela, erguendo a caneca —, nós gostamos de ter companhia.

— Boa sorte — diz Hazel enquanto tocamos na cortina.

E sei que vamos precisar de sorte mesmo.

CAPÍTULO QUINZE

Lara e eu atravessamos o Véu.

Um tremor, um suspiro, e então a sala da Sociedade volta a ser quente e sólida ao nosso redor. Michael e Renée estão sentados à mesa, no meio de uma conversa com outra pessoa, mas param de falar ao nos ver.

— Nunca me acostumei com essa parte — diz Michael, gesticulando para nossa reaparição repentina, mas estou olhando para trás dele, para o recém-chegado.

— Ah, sim — diz Renée, gesticulando para o homem na poltrona. — Esse é o nosso historiador atual.

Fico parada ali, boquiaberta.

Porque o homem na poltrona é Lucas Dumont, nosso guia.

O rosto dele é tomado pela surpresa, mas só por um segundo.

— Na verdade — diz ele, se levantando —, já nos conhecemos. Admito, em circunstâncias muito *diferentes*. Cassidy...

Ele para de falar, como se esperasse por uma explicação. Lara também olha para mim, e me dou conta de que *eles* não se conhecem.

— Esse é o guia dos meus pais, Lucas — explico.

— Ah, o programa paranormal — diz Renée. — Que mundo pequeno, né?

— Muito — diz Lucas, limpando os óculos. Ele aponta com a cabeça para Lara. — E quem é você?

— Lara Chowdhury — diz ela, se empertigando ainda mais. — Futura integrante da Sociedade. E amiga da Cassidy.

— Entendi — diz ele do seu jeito moderado. — E o que exatamente a traz aqui, Srta. Blake?

Não sei se ele espera que eu conte a história toda, desde quando quase morri afogada e me tornei uma intermediária até meu problema atual, então só digo:

— Estou meio que... sendo caçada.

— Por um Emissário — diz Renée. — Uma situação muito desagradável.

— Os outros conseguiram ajudar? — pergunta Michael.

Tento desviar meu foco do fato de que o historiador extremamente cético dos meus pais é membro de uma sociedade secreta paranormal. Com certeza, nós vamos bater um papo sobre isso mais tarde.

— Sim — diz Lara. — Acho que temos um plano.

— Excelente — diz Renée. — Quem estava lá? Agatha? Theo? — Ela guia a mim e Lara pela cortina preta, voltando para a loja iluminada. Jacob está sentado em um banco perto da bancada, brincando de encarar o gato e conversando com Philippa.

Mas ele olha para cima assim que passo pela porta.

— Lucas Dumont faz parte da Sociedade! — anuncia ele.

— É, eu sei — digo, apontando com a cabeça para a cortina assim que Michael e Lucas nos seguem para fora. — Eu entendi quando dei de cara com ele lá dentro.

Os ombros de Jacob murcham.

— Bem, você não estava aqui para se surpreender comigo — reclama ele —, então tive que guardar para mais tarde. — Ele pula do banco. — E aí? O que vocês descobriram?

— Você não conseguiu ouvir meus pensamentos?

Jacob nega com a cabeça.

— Não. Tudo ficou muito... quieto. Tipo um barulho de estática.

— Por causa das proteções — explica Philippa, e me pergunto, só por um segundo, se existe uma forma de proteger meus pensamentos o tempo *todo*.

Jacob faz cara feia, lendo minha mente, e digo, meio alto demais:

— Privacidade é importante!

E, apesar de Renée, Michael e Lucas não conseguirem enxergar Jacob e ficar parecendo que estou brigando com o nada, eles não se abalam. Imagino que essa não tenha sido a coisa mais esquisita que já viram.

— Nós descobrimos — explica Lara — que os Emissários são atraídos por pessoas marcadas pela vida *e* pela morte. Foi assim que esse sentiu o... cheiro da Cass.

Geralmente, esse seria o momento em que Jacob faria piada, mas ele fica quieto, e, quando olho na sua direção, ele parece... pálido, como se a pouca cor que lhe restasse estivesse sendo drenada do seu rosto.

— Foi por minha causa? — sussurra ele.

— Quê? Para de besteira — digo. — A intermediária sou eu.

— O Emissário deve ter sentido seu cheiro em Paris — continua Lara. — E seguido você até aqui.

— E se foi por minha causa? — murmura Jacob.

— Não interessa como ele me encontrou — digo. — O que importa é que foi aqui, em Nova Orleans. E ele vai continuar atrás de mim até que a gente o mande de volta. Ou adiante. Ou seja lá para onde os Emissários vão quando não estão...

— Me escuta!

Jacob bate com uma mão na bancada, e escuto a vitrine estalar, o vidro rachar. Todos paramos de falar e olhamos, chocados, horrorizados, surpresos.

Antes, Jacob virava páginas e embaçava janelas.

Mas esta é a primeira vez que ele quebra alguma coisa.

Ele olha através da sua palma para a rachadura redonda no vidro, o estrago maior do que o tamanho do seu punho.

Não há triunfo em seu rosto, não há alegria, apenas medo.

— E se for por minha causa? — sussurra ele de novo, como se mal conseguisse pronunciar as palavras. — E se eu for o culpado por ele ter encontrado você? — Ele olha de mim para Lara, e depois para mim de novo. — Vocês disseram que os Emissários se sentem atraídos por pessoas tocadas pela vida e pela morte. Mas estou literalmente assombrando a Cassidy. Isso deve fazer com que seja mais fácil encontrá-la, deve deixá-la mais barulhenta, mais chamativa, ou...

— *Jacob* — diz Lara em um tom firme. — Me escuta bem. Os Emissários se sentem atraídos por intermediários. Nós temos uma marca, uma assinatura. Mas você confunde tudo. Porque você não deveria estar aqui, junto com ela.

— Acho que isso não está ajudando muito — digo quando Jacob baixa a cabeça.

Mas Lara continua:

— Você é confuso e errado. Você estraga o equilíbrio. E você provavelmente é o único motivo para Cassidy continuar viva.

Jacob olha para cima, surpreso. Eu me viro para Lara, igualmente chocada.

— Como assim? — murmura ele.

Lara solta um som irritado.

— Você não é normal, Jacob! Você é um fantasma, preso a uma garota viva, sugando a energia vital dela até estar forte o suficiente para fazer coisas do tipo atravessar sua mão por uma vitrine. Você provavelmente desequilibra o Véu inteiro a cada segundo que continua aqui. Mas você também deve estar confundindo o Emissário, fazendo a gente ganhar tempo.

Jacob engole em seco, esfregando as juntas dos dedos.

— Tem certeza?

— Não — responde Lara, irritada. — Não sou especialista nos efeitos a longo prazo de amizades entre fantasmas e humanos. Mas acredito que ela está mais segura com você do que sem você. Agora — diz ela, se virando de novo para os outros membros da Sociedade. — Vamos precisar de algumas coisas da loja.

* * *

Colocamos os materiais sobre a bancada.

Um punhado de pedras, para ancorar o círculo.

Um novelo de corda branca, para me prender aos vivos.

Um vidro de óleo perfumado, para purificar e queimar.

E uma caixa de fósforos compridos, para acender a chama.

Elementos de criação e de destruição. Da vida e da morte. Perder e ganhar, como Lucas disse enquanto juntávamos os itens pela loja.

— Não sei o que acho disso — diz Renée, nos observando.

Mas nós explicamos o feitiço — é um feitiço? Não sei que outra palavra usar, e estou meio animada para lançar um, mesmo que o único motivo seja porque estou sendo perseguida pela Morte.

— Acho que é mais parecido com um ritual — diz Jacob. — Uma invocação? Não, qual é o oposto de uma invocação? Um banimento?

Ao que me parece, meio que *é* um feitiço de banimento. Uma forma de cortar minha conexão com o Emissário. O problema é que, para dar certo, precisamos estar no mesmo lugar. O que significa que precisamos sair por aí procurando pela Morte, ou esperar que ela nos encontre.

— Ah, o que é isso? — Jacob aponta para uma fileira de saquinhos coloridos. — Precisamos deles?

Pego um saquinho vermelho bonito. Ele pesa um pouco na minha mão, e, quando o levo até o nariz, sinto um cheiro... de terra úmida. Como a floresta depois da chuva.

— Isso — diz Philippa — é um saco de gris-gris.

Olho para cima.

— O que ele faz?

— Um monte de coisas. São talismãs. Alguns servem para proteção, outros para sorte, prosperidade. Acho que esse aí é para equilíbrio.

Equilíbrio. Penso na carta de tarô, no Dois de Espadas, a necessidade de equilibrar a balança.

— O que tem nele? — pergunta Jacob.

— Ah, um pouquinho de tudo — responde Philippa. — Deixa eu ver, esse tem um cristal, algumas ervas, pedaços de unha, cabelo, um pouquinho de terra de cova.

Dou um grito e solto o saco, mas Philippa o pega antes de cair no chão.

— Cuidado — diz ela, acariciando o saquinho. — A gente precisa cuidar deles com carinho. Dar comida e água...

— O que ele *come*? — sussurra Jacob enquanto Philippa devolve o saco para a prateleira.

— Falando em terra de cova — diz Michael, exibindo um saquinho preto do tamanho de uma bola de beisebol. — Isto deve ser suficiente.

Não quero pegar o saco, mas faço isso, esperando sentir um presságio horrível passar por mim ao tocá-lo. Mas só parece um saco cheio de terra.

Percebo que não tenho como pagar por nada, a menos que eles aceitem um punhado de moedas internacionais, mas Renée dispensa minha oferta com um aceno de mão.

— A Sociedade cuida dos seus.

Guardamos tudo na mochila vermelha de Lara, e Lucas limpa os óculos e diz que é melhor irmos. Eu queria poder continuar ali, na segurança da loja, mas ele tem razão. Está ficando tarde, e meus pais devem estar esperando no hotel.

Jacob se vira para Philippa, que parece estar tendo uma conversa unilateral com o gato Ametista.

— Foi mal — diz ele — pela vitrine.

Ela pisca e olha para cima.

— As coisas quebram — diz ela, dando de ombros, como se já tivesse perdido mais de uma vitrine para um espírito mal-humorado.

— Espera — diz Michael —, lembrei de uma coisa.

Ele tira dois amuletos de um armário atrás da bancada. Círculos de vidro liso presos em uma corda. Ele entrega um para Lara e pressiona o outro contra a palma da minha mão. Quando olho para o amuleto, vejo uma série de círculos azuis e brancos ao redor de um ponto preto.

Quase parece um olho.

— Um olho grego — confirma Michael. — Não vai ajudar a *parar* um Emissário, mas pode ajudar a ganhar tempo. O amuleto foi feito para quebrar quando alguém deseja mal a você. Ele deve fazer isso quando o perigo se aproximar.

— Obrigada — digo para Michael, guardando o olho grego no bolso. E então me viro para Renée e Philippa. — Obrigada por tudo.

— Boa sorte — diz Michael.

— Tomem cuidado — diz Renée.

— Voltem sempre — diz Philippa, toda animada, enquanto Lucas nos guia para fora.

CAPÍTULO DEZESSEIS

O caminho de volta para o hotel é esquisito.

Não esquisito porque estou sendo perseguida por um Emissário. Esquisito tipo tenho-tantas-perguntas-que-nem-sei-por-onde-começar.

Jacob fica dando voltas em Lara, exigindo saber todos os detalhes da sala escondida pela cortina da loja; enquanto Lucas e eu caminhamos lado a lado, espero que ele diga alguma coisa, o que não acontece.

— Então, nós vamos conversar sobre isso? — finalmente pergunto.

Por trás dos óculos de armação de ferro, os olhos de Lucas me analisam.

— Sobre o quê?

— Você é membro da Sociedade do Gato Preto!

— Sou historiador.

— Você é o historiador *deles*. Mas você tinha dito que nem acredita em fantasmas!

Lucas tira os óculos do rosto e começa a limpá-los de novo.

— Pelo que eu me lembro, falei que prefiro me concentrar na história.

— Ele tem poderes sobrenaturais? — grita Jacob.

Faço a pergunta, e Lucas franze o nariz.

— Além de uma dedicação extrema a pesquisas? Não. Não sou vidente, médium nem intermediário, como você chama.

— Você sabia que *eu* era?

Ele pensa por um instante.

— Não. Mas, quando você passa tanto tempo com pessoas... propensas ao sobrenatural, começa a notar certos sinais.

Reflito sobre mim mesma.

— Tipo o quê?

— A forma como você anda, por exemplo, como se estivesse sempre escutando algo que ninguém mais consegue ouvir. Você é nitidamente sensível a lugares assombrados, passa muito tempo falando com alguém que só você enxerga e tem o hábito de desaparecer de repente.

Concordo com a cabeça, pensando.

— Faz sentido. O nome dele é Jacob, aliás. O fantasma com quem eu converso.

Jacob acena.

— Oi. Jacob Ellis Hale — diz ele para Lucas, oferecendo uma mão —, melhor amigo, parceiro de aventuras, e ótimo gosto para revistas em quadrinhos.

É claro que Lucas não escuta nada, mas transmito a mensagem.

— Fico surpreso por você se deixar ser assombrada — diz Lucas enquanto entramos na Bourbon Street.

— É diferente — responde Lara —, mas ele tem suas utilidades de vez em quando.

Jacob encara Lara como se uma segunda cabeça tivesse acabado de brotar nela. Preciso admitir que também estou muito surpresa.

Até aquele momento, o mais perto que Lara chegou de fazer um elogio a Jacob foi passar a chamá-lo de Jacob em vez de fantasma. Naquele dia, em um intervalo de meia hora, ela foi legal com ele; duas vezes.

— É óbvio que não concordo — esclarece ela. — Mas acho que temos problemas maiores no momento... — Lara para de falar quando chegamos ao hotel. — Kardec — diz ela, lendo a placa. — Tipo o francês que fundou o espiritismo?

— Exatamente — responde Lucas, parecendo impressionado.

— Nossa — diz Lara, analisando o saguão —, aqui é bem temático.

— Espera até você ver o nosso quarto — comenta Jacob.

— Seus pais já terminaram as gravações do dia — explica Lucas para mim —, então nos vemos amanhã. Toma cuidado, Cassidy. Lara.

— Ninguém nunca se despede de mim — resmunga Jacob enquanto Lucas se vira para ir embora.

— Espera! — grito. Ainda tenho uma dezena de perguntas, mas escolho a mais importante. — Você não vai contar para os meus pais, né? Sobre... — Gesticulo para nós, para tudo.

Lucas levanta uma sobrancelha e abre um meio-sorriso.

— Eu? Eu sou só o guia.

Nós o observamos partir, e me lembro da primeira impressão que tive de Lucas Dumont, um acadêmico cético, igual ao meu pai. No fim das contas, as pessoas são imprevisíveis.

— Será que seu pai é membro secreto de uma sociedade paranormal? — pergunta Jacob, e solto uma risada irônica.

— Duvido muito — digo enquanto atravessamos o saguão.

No meio do caminho até a escada, noto uma placa pendurada na porta para a sala de sessões espíritas.

NOSSO MESTRE DOS ESPÍRITOS PRECISOU SE AUSENTAR.

A SALA DE SESSÕES ESPÍRITAS PERMANECERÁ FECHADA POR TEMPO INDETERMINADO.

PEDIMOS DESCULPAS PELO INCONVENIENTE.

Por que será que ele foi embora?

— Eu desconfio de que deve ter alguma ligação com a *sua* sessão espírita — diz Jacob.

Ah. Pois é. Toda aquela história de incorporar-Emissários-da-Morte- -de-verdade-quando-você-só-queria-dar-um-show. Dá para entender por que isso seria incômodo.

No quarto, meus pais trocaram o figurino dos Espectores por roupas leves de verão. Meu pai está até de *short*.

— Vocês se divertiram? — pergunta minha mãe.

Soltamos uns sons evasivos, acrescentando a palavra *sim* no meio.

— O que aprontaram? — pergunta meu pai.

Bom, penso, nós encontramos uma sociedade secreta que se dedica a estudar o paranormal, conhecemos seus membros vivos — seu guia é um deles! — e então tivemos uma reunião com parte dos mortos, e eles nos ajudaram a encontrar um jeito de banir o Emissário da Morte que está me perseguindo, e, com sorte, vai dar tudo certo e eu não vou morrer. De novo.

— Nada de mais — digo em um tom despreocupado. — Só demos uma volta pelo Bairro Francês.

Jogo a câmera na cama, e Lara apoia a mochila em uma cadeira. O zíper não está completamente fechado, e Ceifador se aproxima para começar a vasculhar o interior. Ele quase pega a bolsinha com a terra de cova quando vejo o que está acontecendo. Vou correndo até ele e o pego no colo.

A última coisa de que precisamos é de um gato tratando nosso material para o feitiço como uma caixa de areia.

Ceifador ronrona em protesto e então fica mole em meus braços, como um saco de... terra de cova. Se terra de cova fosse muito peluda e ronronasse baixinho.

Eu o levanto e olho dentro dos seus olhos verdes sonolentos.

— Você é o meu protetor corajoso? — pergunto.

Ceifador me encara por um momento, depois escancara a boca, e, por um instante, acho que está exibindo suas fileiras de dentinhos afiados. Mas então me dou conta de que é só um bocejo.

Seguido de um arroto.

Meu pai ri. Eu suspiro e coloco o gato na poltrona, onde ele imediatamente se afunda em uma almofada.

— Que bom que você pode contar comigo — diz Jacob. — Tenho quase certeza de que esse gato é inútil.

Ceifador mexe uma orelha, já dormindo.

— Bem, não sei como vocês estão — diz minha mãe, tirando as canetas que prendem seu coque bagunçado —, mas o Dia dos Cemitérios me deixou faminta! Vamos jantar?

* * *

Existe um tipo de restaurante que meu pai chama de "birosquinha". Acho que ele quer dizer que é um lugar pequeno e confortável, do tipo que você só descobre se alguém o indica ou se você já esteve lá antes. Como a Sociedade, mas com comida.

Hoje, jantamos no Marigny, que fica ao norte do Bairro Francês. O restaurante não é *exatamente* escondido, mas quase. Passamos por um portão, atravessamos um pátio cheio de mato e cruzamos uma porta que parece ter sido uma parede no passado, antes de alguém fazer um buraco no meio.

Mas a comida... a comida é maravilhosa.

Tigelas de gumbo, *étouffée* de camarão, *jambalaya* e outros pratos com nomes melódicos, musicais, cheios de pimenta e temperos.

Eu me esqueço da regra de só precisar provar e ataco a comida, experimentando tudo.

Com um garfo, Lara pega um pouquinho de cada coisa, e, apesar da natureza bagunçada da refeição, nunca derrama um pingo de comida nem um grão de arroz. Aposto que ela conseguiria comer um *beignet* vestida de preto e sair sem qualquer resquício de açúcar na roupa.

Durante todo o jantar, mantenho o olho grego aconchegado na minha mão, pronta para enfrentar qualquer problema, pulando ao ouvir uma cadeira arrastando de leve ou ver um ângulo estranho de luz. Mas Lara sorri e conversa como se tudo estivesse bem. Ela tem muita facilidade em fingir que nada está acontecendo. Eu a observo, desejando ser melhor nisso. Mas também fico triste por ela ter tanta prática.

E, apesar de só nos conhecermos há duas semanas, a presença dela aqui parece *certa*.

Até Jacob começou a simpatizar com ela, e já peguei os dois trocando olhares mais de uma vez; não olhares raivosos, mas do tipo que amigos compartilham.

Isso faz eu me sentir feliz, e completa.

— Eu vi meu primeiro fantasma em Londres — diz minha mãe para Lara —, quando eu tinha mais ou menos a sua idade. Não na Torre nem em algum cemitério, nada assim. Eu estava em um ônibus de dois andares.

Eu me inclino para a frente, me dando conta de que nunca ouvi essa história.

— Ele só estava sentado lá — continua minha mãe —, olhando pela janela, esperando por sua parada. Ele me pediu para apertar o sinal, e eu fiz isso. O garoto levantou e foi embora, eu gritei desejando que ele tivesse um bom dia. Meu pai olhou para mim e disse: "Com quem você está falando?" — Minha mãe abre um sorriso. — O garoto não estava lá, é óbvio. Não mais. E, depois daquilo, nunca mais *vi* um fantasma assim. Mas foi tão emocionante. Como se um cantinho do meu mundo tivesse sido aberto, revelando um lugar completamente novo.

Mordo o lábio, desejando poder mostrar a ela esse outro lugar, levá-la comigo através do Véu.

— É por isso que a senhora escreve livros? — pergunta Lara.

Minha mãe toma um gole da sua bebida e faz um barulhinho, pensando.

— Sabe de uma coisa, talvez sim. De certo modo, histórias fazem o mundo parecer maior.

Lara concorda com a cabeça e olha para o próprio prato.

— Eu vi meu primeiro fantasma no St. Mary's.

Meu pai franze um pouco o cenho.

— É um hospital, né?

— Sim — diz ela, rápido —, eu fiquei bem doente em uma época. Escarlatina.

Minha mãe leva a mão até a boca.

— Seus pais devem ter ficado muito preocupados.

Lara olha para cima, piscando rápido.

— Ah, sim, ficaram. — Ela olha para baixo de novo. — Eu melhorei, é evidente, mas fiquei internada por um tempo, e teve uma noite em que não conseguia dormir. Tinha alguém *cantando*. Bem alto, no corredor. Mas ninguém parecia ouvir nem se incomodar. — Ela encara o vazio, com um olhar distante. — Então levantei e fui atrás da pessoa.

— Para dar uma bronca nela — diz Jacob, provocando.

O olhar de Lara desvia até ele, mas ela não para de falar.

— Tinha uma cortina na frente da porta, e, quando a empurrei, a voz ficou bem mais audível. Então a segui. E a encontrei, depois de uma curva, no fim do corredor, olhando pela janela e cantando. Ela segurava um bebê, a luz da lua entrava pelo vidro, uma dessas luas tão brilhantes que parecem um farol, e eu consegui enxergar através dos dois.

Estremeço um pouco.

Mas Lara apenas se endireita, sorri e continua falando rápido:

— É lógico que, depois, entendi que devia ter sido um sonho por causa da febre. Afinal, eu continuava bem doente. Mas nunca me esqueci daquela mulher, da música e do bebê que ela segurava.

A mesa fica em silêncio por um bom tempo.

No fim das contas, é Jacob, obviamente, quem quebra o gelo.

— Sabe, eu achava que a coisa mais assustadora do mundo eram crianças cantando, mas mudei de ideia. Deve ser isso aí.

Lara e eu rimos, e meus pais nos encaram como se tivéssemos perdido o juízo.

Depois do jantar, voltamos pelo labirinto de jardins e portões e seguimos para o Bairro Francês. As ruas ao redor estão cheias de gente, e analiso todas, prendendo a respiração ao mesmo tempo que procuro um chapéu de aba larga e uma máscara de caveira. Jacob caminha de costas, verificando atrás de nós. Lara também olha ao redor, mesmo durante o bate-papo com meus pais, falando sobre o passado dos bairros de Nova Orleans.

Mas continuo pensando na história de Lara. Ela sabia o que fazer? Mesmo naquela época, ela sabia que tinha atravessado o Véu, que a mulher era um fantasma, um espírito preso, esperando para ser mandado adiante?

Ela não teria como saber, né?

Ainda assim, é difícil imaginar uma versão de Lara Chowdhury que *não* sabia das coisas.

É difícil imaginá-la com medo ou confusa.

— Escutem — diz minha mãe, passando um braço ao redor dos meus ombros. — Estão ouvindo?

De repente, fico tensa de novo, meus dedos buscam o olho grego no bolso enquanto presto atenção nos sons. Escuto os murmúrios constantes do Véu, a melodia vaga de sussurros e canções, porém mais perto, mais audível, está o som que minha mãe ouve. Uma batida, tão ritmada quanto um coração ou um tambor. Lara, meu pai e Jacob também escutam, suas cabeças viram na direção do barulho.

— O que é isso? — pergunto.

Mas minha mãe apenas exibe um sorriso radiante e diz:

— Vamos descobrir.

Ela pega minha mão, e lá vamos nós.

Quando eu era pequena, minha mãe e eu saíamos em caminhadas pelos campos e florestas atrás da nossa casa. Não havia trilha nem um caminho certo. Se muito, ela mudava de direção sempre que podia, se confundindo de propósito. Nós nunca nos afastávamos demais da casa, mas, na época, o mundo parecia tão grande e selvagem... e eu sentia medo de ir longe demais, de não encontrar o caminho de volta.

Mas minha mãe adorava. Achava que tudo fazia parte da aventura.

Ela dizia que a melhor forma de se encontrar é se perdendo.

É difícil se perder em uma trama de ruas, mas é fácil se confundir.

Seguro a mão de Lara, ela segura a de Jacob, meu pai nos segue de perto, e, juntos, vamos atrás do tambor, do trompete que o acompanha, do grito impetuoso de uma trompa e do toque metálico das flautas.

O volume cresce como uma maré.

Uma melodia caótica, vibrante e viva.

A música infla quando viramos uma esquina, e, de repente, estamos diante de um desfile.

Não um jazz fúnebre como antes — não há ternos brancos nem melancolia, e não vejo nenhum caixão —, apenas instrumentos de latão brilhantes, fantasias fenomenais e *esqueletos*. Fico tensa, instantaneamente de prontidão. Mas os esqueletos apenas se ondulam feito pipas presas em cordas vermelhas, dançando no ar, as mandíbulas abertas como se rissem. A mão de Lara aperta a minha, mas, apesar de tudo, não estou com medo.

Não há qualquer ameaça no ar, não há perigo. Não há calafrios profundos nem um medo intenso.

Apenas as batidas dominantes de energia e vida.

Ficamos parados ali por um instante, dois pais, duas meninas e um fantasma, assistindo ao desfile. A cada passo para a frente, o desfile parece se tornar maior. As pessoas se unem a ele, cantando e dançando, a procissão se inflando em uma festa de rua.

— O que eles estão comemorando? — grito por cima da barulheira da multidão.

— A vida! — diz minha mãe. — A morte! — acrescenta ela. — E tudo que acontece pelo caminho.

— Podemos participar? — pergunto, e minha mãe fica radiante, como se estivesse ansiosa por essa ideia.

Entramos no tumulto. O desfile gira ao nosso redor, nos carrega junto, e nós deixamos. Sinto vontade de fechar os olhos, desaparecer dentro do som, mas não quero ser pisoteada.

— A vida é uma festa, filha querida — diz minha mãe, colocando uma corrente de contas douradas ao redor do meu pescoço. — Comemore-a todos os dias.

Meu pai arranja uma coroa de penas e a coloca na cabeça de Lara, e, por um instante, ela parece tão surpresa, tão deslocada, que Jacob solta uma risada, fico esperando que ela retire o objeto e ajeite o cabelo. Mas isso não acontece. Ela sorri. E ajeita um pouco a coroa quando ela escorrega para o lado, e a segura no lugar, mas só porque não quer perdê-la enquanto dança.

E ali, no meio do desfile, ela não é Lara Chowdhury, uma garota solitária tentando crescer rápido demais. Ela é apenas Lara, esperta, inteligente e altruísta.

E Jacob Ellis Hale não é o fantasma de um menino que morreu afogado em um rio três anos atrás, tentando resgatar o brinquedo do irmão caçula. Ele é apenas o meu melhor amigo, pulando no ritmo das batidas.

E eu não estou sendo caçada por um agente da Morte.

Sou apenas uma menina, dançando com meus amigos e com minha família no meio da rua.

CAPÍTULO DEZESSETE

Voltamos cambaleando para nosso quarto de hotel, alegres e cansados.

Meus sapatos acertam algo pequeno e duro, que sai derrapando pelo chão. Uma pedra. Olho para baixo e vejo outra, depois a caixa de fósforos aberta, seus palitos finos de madeira espalhados por todo o piso.

O quarto não era o lugar mais arrumado do mundo antes, mas, agora, está uma *bagunça*.

— Nossa — diz minha mãe.

Por um segundo, me pergunto se, de algum modo, chamamos a atenção de um *poltergeist* aqui. E então me dou conta de que isso não foi obra de um espírito.

Foi de um *gato*.

Ceifador não só conseguiu abrir a mochila de Lara, como tirou de lá tudo o que conseguiu alcançar. O gato virou um pequeno tornado preto de destruição, espalhando nosso material por todo canto.

O vidro de óleo sumiu. O novelo de corda branca foi desenrolado e enrolado entre as pernas da mesa e da poltrona. Apenas o saquinho de terra de cova permaneceu miraculosamente fechado, apesar de o culpado estar sentado bem em cima dele, o rabo preto balançando de um lado para o outro com um ar nervoso.

Quando tento empurrar Ceifador de cima dele, suas orelhas vão para trás e suas unhas se fincam no saco, como se dissesse *meu*. Ou talvez *ruim*.

Tento pegar o saquinho de novo, e ele dá uma patada na minha mão, me alertando. No fim das contas, talvez esteja tentando me proteger ou dizer para ficar longe daquele símbolo da morte.

Ou talvez ele só seja um gato rabugento.

Meu pai pega Ceifador no colo e o coloca no sofá, e Lara oferece sua coroa de penas ao gato como uma distração enquanto eu ajoelho no chão, cuidadosamente juntando a fina terra cinza que vazou dos buraquinhos furados no tecido pelas garras de Ceifador.

Levo dez minutos para encontrar todas as pedras e juntar os palitos de fósforo.

— O que é tudo isso? — pergunta minha mãe, pegando o vidro de óleo que rolou para debaixo da cama.

— Ah — diz Lara, rápido. — Só uns presentes que comprei para meus pais.

— Falando nisso — diz meu pai, fazendo uma pilha com as pedrinhas pretas —, sua tia deve estar preocupada com você.

Lara e eu nos entreolhamos.

— Na verdade — diz ela, usando sua melhor voz de adulta —, a Cass me convidou para dormir aqui, e minha tia deixou. Se os senhores não se incomodarem.

Solto um pouco o ar, tentando esconder meu alívio.

— Sua tia é muito legal — digo.

— Pois é. — Lara sorri. — Ela é muito solícita.

Minha mãe hesita.

— Por nós, tudo bem, mas eu me sentiria melhor depois de confirmar com ela — diz ela.

Prendo a respiração, esperando que a mentira de Lara seja descoberta, mas ela apenas concorda com a cabeça e diz, pegando o telefone:

— Com certeza.

A ligação chama, chama, e começo a me perguntar se ela discou um número de verdade quando uma voz atende.

— Alô! Alô! Fio & Os...

— Tia Philly! — chama Lara em uma voz animada, cantarolada.

— Sou eu, a Lara.

Consigo escutar a voz excêntrica de Philippa do outro lado da linha.

— Ora, olá de novo.

— Os pais da Cassidy querem garantir que está tudo bem comigo e que você não se incomoda de eu dormir aqui. Pode falar com eles?

Lara passa o telefone para a minha mãe, me lançando um olhar travesso. Só consigo pensar que ela deve ter um pouco de Sonserina misturada em toda aquela Corvinal.

* * *

Naquela noite, quando meus pais estão dormindo e as luzes foram apagadas, com a mochila de Lara seguramente guardada atrás da porta trancada do banheiro, para protegê-la do gato, ela, Jacob e eu fazemos uma tenda sob as cobertas da minha cama para conversar.

Sentamos com os joelhos encostados e as cabeças próximas, nossos rostos iluminados pela lanterna do telefone de Lara.

Naquela iluminação fraca, ficamos desbotados, e é fácil esquecer que Jacob é um fantasma. Mal consigo enxergar através dele, e acho que, se meus pais olhassem para cá agora, talvez vissem três silhuetas na tenda em vez de duas.

Ainda bem que os dois estão desmaiados de sono.

— Você está respirando em mim — resmunga Lara, se inclinando para longe de Jacob. — É... frio. Não gosto.

— Que outra opção eu tenho? — murmura Jacob. — Prender a respiração?

— Você precisa de ar? — rebate ela, irritada.

— Foco! — chio.

Nós estávamos falando sobre os passos do ritual de banimento.

— Então o que faremos amanhã? — pergunta Jacob. — Vamos só esperar o Emissário dar as caras de novo?

— É, ou vamos atrás dele — digo.

Jacob me encara como se eu tivesse perdido a cabeça. Eu entendo. Quando penso em *procurar* pelo Emissário, minhas pernas ficam bambas. Mas a ideia de ser pega desprevenida parece pior.

No fim, nós votamos. Jacob está firmemente do lado "é melhor não procurarmos pela Morte" e, para minha surpresa, Lara também.

— Acho que devemos estar preparados — diz ela. — Mas, se formos atrás dele, o Emissário pode desconfiar que é uma armadilha.

Respiro fundo.

— Então vamos deixar ele me encontrar.

E devolvê-la para a escuridão.

Jacob consegue ler meus pensamentos, mas é Lara quem aperta minha mão.

— Estamos juntos nessa e você não vai a lugar algum.

Ela afasta a mão para cobrir um bocejo, e é contagioso, passando para mim e depois para Jacob.

— É melhor a gente ir dormir — digo, apesar de achar que não vou conseguir.

Nós falamos sobre nos dividirmos em turnos, então percebemos que isso é inútil, já que Jacob é o único que não *precisa* dormir. Lara resmunga algo sobre não confiar que um fantasma e um gato preguiçoso vão nos manter seguras a noite toda, mas está cansada demais para fazer algo além de reclamar.

Nós desfazemos a tenda improvisada, e Jacob se senta no pé da cama, de costas para nós, encarando as sombras.

— Boa noite, Cass — sussurra ele.

— Boa noite, Jacob — sussurro, com a cabeça no travesseiro.

— Bãnotefantasma — sussurra Lara, já quase dormindo ao meu lado.

Não sei o que vai acontecer amanhã.

Não sei se vou conseguir banir o Emissário.

Não sei se podemos vencer.

Mas, naquele instante, acomodada entre minha família e meus amigos, quase me sinto segura.

Fico acordada, ouvindo o murmúrio do Véu, o barulho muito real das pessoas nas ruas e o som distante de uma festa em algum canto, leve e distante como o vento. Tiro o olho grego do bolso do pijama e repasso mentalmente o feitiço de banimento, girando o amuleto de vidro entre meus dedos até o desenho em preto, azul e branco se tornar abstrato, apenas riscos de vidro colorido, até eu não conseguir mais manter os olhos abertos.

Não me lembro de dormir, mas em um segundo estou na cama e, no próximo, me vejo no cemitério.

Cambaleio para trás quando o Emissário surge, vindo lentamente na minha direção, caminhando entre as criptas. Chamo por Jacob, por Lara, mas não tenho voz. Eu me viro e saio correndo até chegar a um beco sem saída, um jazigo tão comprido e largo que não consigo enxergar onde termina. Atravesso a porta e entro na tumba. Não há caixão, apenas a estátua da moça vendada do Dois de Espadas, com as lâminas cruzadas diante do peito.

A moça é feita de pedra, mas as espadas são de metal, pesadas e reais.

A porta sacode e balança atrás de mim enquanto eu puxo as espadas das mãos da estátua.

Eu me viro para encarar o Emissário ao mesmo tempo que ele passa pela porta, mas acordo logo antes de sua mão esticada encostar em mim.

Meu coração está disparado, e o quarto, escuro, minha mão dói de tanto apertar o olho grego. Mas, quando forço meus dedos a se abrirem, o amuleto está intacto, Lara continua dormindo, e Jacob está bem ali, na frente da cama. Ele olha para trás e faz uma careta boba. As batidas do meu coração diminuem, e eu sorrio, afundando de volta nos lençóis.

O restante da noite é inquieto, sem sonhos, e fico aliviada quando a luz atravessa as cortinas da janela. Levanto e tomo banho, ajeito meus cachos bagunçados e os prendo para cima, tento pegar meu pingente de espelho antes de lembrar que ele quebrou.

Vasculho a nécessaire da minha mãe e encontro um estojinho redondo, com um disco de blush de um lado e um espelho embaçado do outro. Por enquanto, dá para o gasto.

Uma das primeiras coisas que Lara me ensinou foi que intermediários jamais devem sair por aí sem um espelho.

Observe e escute. Veja e saiba. Isso é o que você é.

As palavras reservadas para fantasmas.

Mas também são verdadeiras para os vivos.

Encontro meu olhar no reflexo do espelho no estojinho.

— Eu me chamo Cassidy Blake — digo baixinho. — Tenho 12 anos. Ano passado, roubei da Morte. Eu sobrevivi quando deveria ter morrido. Eu fiquei quando deveria ter partido. Eu sobrevivi uma vez e vou sobreviver de novo. Eu me chamo Cassidy Blake — repito. — E não vou ser devolvida para a escuridão.

PARTE QUATRO
O EMISSÁRIO DA MORTE

CAPÍTULO DEZOITO

Há duas formas de encontrar a Morte.

Ou você vai atrás dela, ou espera ela vir atrás de você.

Escolhemos a última opção, mas, conforme a manhã passa, começo a me arrepender disso. Lara, Jacob e eu seguimos meus pais e a equipe de filmagem por hotéis assombrados. Ao que parece, é difícil encontrar um hotel em Nova Orleans *sem* um morador fantasma. De acordo com Lucas, metade dos hotéis foi uma escola ou um orfanato no passado, até pegarem fogo, como aconteceu com o Place d'Armes.

Cadê você?, penso enquanto estamos em um quarto do Bourbon Orleans, com o medidor de CEM da minha mãe gorjeando e gemendo, e juro que ele até chega a *rir* em determinado momento. Sinto um calafrio e bato em retirada, me apoiando na parede, apenas para sentir o Véu se apoiar de volta, sussurrando em um tom travesso:

— *Vem brincar.*

Mas resisto. Estou oficialmente de férias dos meus dias de caçadora de fantasmas.

Vamos a outros hotéis: o Monteleone, o Andrew Jackson, o Dauphine... Em cada um deles, as câmeras filmam, meu pai conta a história do hotel e minha mãe conta as histórias dos fantasmas. Fala de sombras que se sentam à beira das camas e de crianças que brincam nos corredores. De coisas que desaparecem e de coisas que são encontradas.

É difícil me concentrar nas filmagens. Meus nervos estão à flor da pele e meus sentidos prestam atenção em tudo. Mantenho os ouvidos focados no ar, esperando por qualquer mudança: o som desaparecer da sala, um vento frio, uma voz atravessando a escuridão.

Nós vamos encontrar você, disse ele.

Você pode tentar, penso.

Dá para perceber que Jacob e Lara também estão nervosos; ele não tem talento algum para esconder isso, mas ela, de algum modo, consegue sorrir e fingir que está prestando atenção no programa dos meus pais, que o único motivo por trás dos seus calafrios são as histórias da minha mãe.

Uma das mãos de Lara sempre permanece na mochila, pronta para montar o feitiço de banimento no instante em que o Emissário der as caras.

Mas, depois de várias locações, não há sinal dele.

O sol está no topo do céu e bem forte quando passamos pelo antigo Convento das Ursulinas, uma construção imensa que se agiganta por trás de muros altos e sebes esculpidas.

De acordo com meu pai, o convento é mais antigo do que os Estados Unidos. De acordo com minha mãe, é o local onde nasceu o vampiro americano. Ou pelo menos uma das lendas de vampiros. Ao que tudo indica, adolescentes eram enviadas para cá da França, chegando pálidas e magras a Nova Orleans, agarradas a caixas com formato de caixão. As caixas continham seus dotes de noiva. Mas os mitos foram aumentando até as pessoas começarem a acreditar que as caixas eram caixões de verdade, e as meninas, mortas-vivas.

Enquanto meus pais narram, mantenho a mão no bolso, apertando o olho grego de vidro, e espero, espero, espero. Não sinto nada estranho além das idas e vindas do Véu.

Talvez eu devesse me sentir aliviada. Mas não me sinto. Na verdade, sinto como se estivesse prendendo a respiração e ficando sem ar.

* * *

Eu sabia que acabaríamos aqui.

O lugar mais assombrado de Nova Orleans.

Paramos diante da mansão LaLaurie, olhando para a construção quadrada feita de pedras, ocupando um quarteirão inteiro.

— Sabe, eu estava começando a pensar que, no quesito fantasmas, até que esta cidade não é tão ruim — diz Jacob .

Encaro a casa. Ela tem três andares, em vez dos dois habituais do Bairro Francês, e isso faz com que se agigante sobre as construções baixas ao redor como uma sombra, apesar de suas pedras cinza-claras.

E, apesar do calor, eu estremeço.

Eu fui ao Mary King's Close, onde pessoas foram presas dentro de paredes de tijolo enquanto ainda estavam vivas.

Eu fui às Catacumbas de Paris, com seus milhões de ossos.

Lugares em que o passado se entranhou, as vozes e emoções permanecendo transmitidas pelo Véu.

E, mesmo da rua, sei que este é um desses lugares. De repente, acho que prefiro encarar minha própria morte de novo a entrar.

A porta fica afastada da calçada, branca como uma cripta sob um arco de pedras, cercada por um portão de ferro preto. As pontas das barras são pontiagudas como flechas, parecendo o oposto de convidativas.

Vão embora, parece dizer a construção.

Olho ao redor, quase torcendo por uma visita do Emissário, mas ainda não há sinal dele conforme Lucas tira uma chave do bolso e abre a porta, deixando uma corrente de ar bolorento escapar.

Penso na história de Adan na primeira noite, sobre as ligações que vinham do interior da casa, apesar de não ter ninguém lá. E sei que aquele era o tipo de história de fantasma que você conta em vez do horror verdadeiro, que surge depois que o espaço se torna assombrado, em vez de explicar por que ele se tornou assombrado para início de conversa.

— Há muitas sombras no passado de Nova Orleans — diz meu pai —, mas esta é uma das mais sombrias.

Sua voz soa baixa e séria, mas sei que ele está falando com a câmera.

Passamos por uma porta, e o Véu me acerta com *tudo*.

Uma onda de ódio, sofrimento e medo tão profunda que me faz perder o ar. Lara respira fundo, e sei que ela sentiu a mesma coisa. O peso de um lugar arruinado. A raiva dos mortos. Meus olhos ardem pela fumaça, apesar de o hall de entrada estar frio e vazio, e uma batida pesada soa em meus ouvidos, como se juntas de dedos batessem na madeira.

— A madame LaLaurie era uma socialite — diz minha mãe sem qualquer sinal da sua animação habitual — e serial killer. Na época em que os horrores da escravidão assolavam este país, a LaLaurie se destacava pelo seu grau de crueldade.

Lucas encara o piso de mármore com as mãos fechadas em punhos.

— Tudo foi revelado em uma de suas festas — diz meu pai. — Um incêndio começou e logo se alastrou pela casa. Todos conseguiram sair a tempo, ou foi o que pensaram. Vozes continuavam vindo da casa em chamas. — Ele engole em seco. — Mesmo depois que o fogo foi apagado, as pessoas continuaram ouvindo súplicas e o som de pancadas. Foi só quando os escombros esfriaram que descobriram o motivo. — Ele olha para baixo. — LaLaurie mantinha seus escravizados presos no sótão.

Bile sobe por minha garganta.

— Quando o incêndio começou, não havia como escapar.

Jacob estremece. Lara leva a mão à boca. O Véu se estica, pronto para me puxar, e o empurro de volta com toda a força, porque não sou capaz de encarar o outro lado. Pela primeira vez, isso não tem nada a ver com o Emissário.

— Alguns acontecimentos são tão terríveis — diz minha mãe — que penetram na estrutura do lugar. Eles mancham seu passado, seu presente e seu futuro. — Ela gesticula ao redor. — Esta é uma casa raivosa. E com razão. A madame LaLaurie nunca foi punida por seu crime monstruoso. Ela e o marido fugiram para a França, deixando um rastro de sofrimento e injustiça. — Minha mãe respira fundo e, como um mergulhador, entra no corredor escuro.

Mas não estou pronta para segui-la.

Fico aliviada quando Lucas surge diante de mim.

— É melhor vocês irem — diz ele, baixinho. — Este lugar não é para... — Fico me perguntando se ele está prestes a dizer intermediários, mas, após um instante, apenas completa com: — Crianças.

Normalmente, eu reclamaria, insistiria que tenho idade suficiente para qualquer coisa que estivesse esperando lá dentro, mas, desta vez, não quero me aproximar mais. Não suporto pensar nesses cômodos. Eu queria não saber o que aconteceu aqui, apesar de minha mãe dizer que saber é um tipo de respeito. Uma forma de honrar os mortos.

— Vocês vêm? — pergunta meu pai para mim e Lara.

— Acho que elas não deviam — diz Lucas.

Meus pais e nosso guia trocam olhares, o tipo de conversa silenciosa que adultos têm de vez em quando.

E então meu pai concorda com a cabeça e diz:

— Você tem razão.

Ele me dá um pouco de dinheiro e diz para comprarmos um lanche e os encontrarmos do lado de fora da mansão em uma hora. Então os Espectores e sua equipe seguem para as profundezas da casa escura, e Jacob, Lara e eu voltamos para a rua. O Véu recua quando passamos pelo portão de ferro. Eu me apoio em um poste, tremendo pelo impacto de tudo.

— Quando *eu* digo que é melhor a gente não visitar a casa assombrada, você nunca escuta... — murmura Jacob.

Seguimos caminhando pela Royal, ansiosos para nos afastar o máximo possível da mansão LaLaurie.

Enquanto andamos sem parar, é impossível não me perguntar: *onde* está o Emissário?

Eu já estava nervosa antes da mansão LaLaurie, mas, agora, estou oficialmente perdendo o controle.

— Isso não está dando certo — digo. — Nós tentamos esperar. E ele não veio.

— Talvez ele tenha desistido. Talvez seja tipo um esconde-esconde, e nós nos escondemos por tempo suficiente, então a brincadeira acabou — diz Jacob.

— Jura que você acredita nisso? — pergunta Lara.

Jacob franze o cenho.

— Pode ser verdade.

Mas todos nós sabemos que não é.

E todos nós sabemos o que precisamos fazer. Temos que chamar a atenção da Morte.

Jacob, é óbvio, acha que essa é uma ideia péssima.

— Não — diz ele. — Acho que é uma ideia *horrorosa*. Tipo, uma ideia surrealmente ruim. Em primeiro lugar, é perigoso. Em segundo, um monte de coisas pode dar errado. E, em terceiro, detestei essa opção. — Ele suspira. — Mas, se não tem jeito, vamos lá. Hum... como faremos?

Paramos na esquina, e olho de um lado para o outro nas ruas. Elas estão lotadas de carros, carruagens e pessoas. O jazz preenche o ar, junto com risadas e buzinas. O Bairro Francês está agitado hoje.

— Ele está aqui, em algum lugar — digo. — Só pode. Então por que não está aparecendo?

— Está cheio demais — diz Lara, gesticulando para a rua. — A menina de ontem com o cubo mágico, a Hazel? Ela disse que Nova Orleans era um bom esconderijo, por ser muito *agitada*. E passamos o dia todo em lugares lotados. Então, se nós não *queremos* nos esconder, precisamos encontrar um lugar tranquilo.

Concordo com a cabeça.

— Para a gente se destacar. Como aconteceu comigo no cemitério.

Debatemos sobre ir ao St. Louis ou ao Lafayette, mas hoje é domingo, o clima está mais ameno, o que significa que os cemitérios estarão cheios de turistas.

— Que tal uma sessão espírita? — pergunta Jacob.

Lara revira os olhos.

— Eu já disse que elas não são de verdade — diz ela, e está certa.

Mas Jacob também está. Afinal, nós participamos de uma sessão espírita, e o Emissário veio. Tudo bem que era só uma voz, mas ele me encontrou lá.

Acho que não precisamos do espetáculo de uma sessão. Talvez a gente só precise usar a sala do hotel Kardec.

Fico animada, até Jacob me lembrar de que ela está fechada. Interditada.

Solto um gemido, passando as mãos pelo cabelo enquanto voltamos a andar.

Pensa, pensa.

O Véu se ergue e cai ao meu redor, carregando fumaça e jazz, e os sussurros que passei a reconhecer como vindos da Jackson Square. Paro de andar. Viro à esquerda. E lá está, na beira da praça.

O Muriel's.

O Muriel's, com seu restaurante coberto por heras, a escada larga e a sala esquisita, cheia de antiguidades, no segundo andar.

A sala de *sessões espíritas.*

Olho para Lara e Jacob.

— Venham comigo.

CAPÍTULO DEZENOVE

No térreo, o restaurante está lotado para o almoço. Seguimos direto para a escada, mas um garçom nos interrompe.

— Meninas, vocês estão perdidas?

É evidente que Lara se irrita por ser chamada de *menina*, mas apenas balanço a cabeça.

— Temos hora marcada com a Morte — diz Jacob, e ainda bem que o garçom não consegue escutá-lo.

— É um trabalho para a escola — digo, erguendo a câmera.

O garçom lança um olhar desconfiado para nós, mas então alguém derruba uma bandeja em algum lugar, e ele acena para nós, dizendo:

— Só não toquem em nada.

— Lógico que não — diz Lara em seu tom mais britânico.

Enquanto subimos a escada, um casal desce pelo outro lado, de braços dados, bebendo e falando sobre como é *assustador* lá em cima, que *ambientação* maravilhosa. Passamos pelos dois, e Lara olha para trás.

— Esta parte é aberta ao público? — pergunta ela.

Concordo com a cabeça, e ela observa os arredores antes de tirar uma corrente com uma placa que diz APENAS FUNCIONÁRIOS e a pendurar no topo da escada às nossas costas.

— Por aqui — digo, guiando-a pelo lounge acolchoado, rumo à luz vermelha da sala de sessões espíritas, com seu brilho sinistro.

— Nossa, que gracinha — diz Lara, analisando os quadros antigos e as máscaras sorridentes, a mistura estranha de estátuas, estampas animais e móveis sofisticados.

— Nota dez pelo clima — concorda Jacob.

Depois de uma análise rápida, estou convencida de que não há mais ninguém aqui. Por enquanto, pelo menos, temos a sala de sessões espíritas apenas para nós.

— Pronta? — questiona Lara, e a pergunta parece muito mais abrangente do que é, mas concordo com a cabeça.

— Vamos lá.

Nós despejamos o material da mochila vermelha de Lara, os fósforos, o óleo e a terra de cova em um pufe. Um tapete de seda ornamentado cobre o chão, e afasto-o para o lado, expondo o piso de madeira por baixo, manchado pelo tempo.

É melhor não colocarmos fogo nas coisas.

— Achei que fosse exatamente isso que a gente ia fazer — comenta Jacob.

— Você sabe o que eu quis dizer — respondo. — Mais fogo do que o necessário.

Do tipo que sai de controle.

Lara abre o saquinho de terra de cova e derrama um pouco na palma de sua mão. Parece mais areia do que terra, seca e cinza, mas há um cheiro leve, não necessariamente de podridão, mas de algo que *foi embora*. O aroma inerte de lugares velhos, abandonados.

Ela faz um círculo com as pedrinhas pretas, mais ou menos do tamanho de uma mesa de sessão espírita, então começa a jogar a terra de cova no chão, não em uma pilha, mas formando uma linha fina, do jeito que Magnolia nos explicou no Véu.

— Preciso admitir — diz Lara, batendo as palmas para limpá-las — que nunca fiz nada parecido com isso.

Ela passa o vidro de óleo para mim, e puxo a tampa.

— Qual parte? — pergunto conforme a sala é tomada pelo aroma de sálvia. — Invadir uma sala de sessões espíritas, preparar uma cerimônia ritualística ou banir um agente da Morte?

— Todas. É bem emocionante — diz ela. E então, vendo minha expressão, rapidamente acrescenta: — Se você não pensar muito no motivo de estar fazendo isso.

Lara abre um canal estreito na linha de terra, que percorre todo o círculo, e coloco o óleo no interior, tomando cuidado para durar até fechar a volta. Quando for aceso, o óleo vai queimar a terra de cova, criando uma linha de fogo e cinzas, de vida e morte, e isso deve cortar a conexão que tenho com o Emissário.

Contanto que o Emissário esteja dentro do círculo.

Agora, só precisamos atraí-lo para cá, convencê-lo a passar no centro do círculo, acender o óleo e queimar o espaço entre nós.

Ah, não. Essa ideia é péssima *mesmo*.

Nunca vai dar certo.

Nunca vai...

— Vai, sim — diz Jacob com firmeza. — Precisa dar certo.

Ele sai da sala para ficar de vigia no lounge, prestando atenção em aparições de humanos e Emissários, e, depois disso, não há nada a fazer além de esperar.

Então esperamos.

Lara caminha pela sala, admirando a decoração estranha e mórbida. Eu fico empoleirada na beira de um sofá de veludo, levanto, mudo para uma poltrona, levanto de novo, incapaz de ficar parada. O silêncio nos cobre como um lençol, e minhas orelhas se ajustam não somente ao Véu, mas ao som do mundo dos vivos.

A melodia metálica antiga que paira pela sala.

Os clientes lá fora, resmungam ao alcançarem a placa que diz APENAS FUNCIONÁRIOS, dizendo que achavam que estava aberto e voltam para o térreo.

O leve ranger das tábuas do chão quando Jacob se balança para a frente e para trás, do outro lado da porta.

— "Como eu não podia esperar pela morte..." — diz Lara, baixinho — "... ela teve a bondade de esperar por mim. Na Carruagem, íamos apenas Nós, e a Imortalidade."

Eu a encaro por um longo instante.

— Emily Dickinson — diz ela, como se isso explicasse tudo.

Então fica em silêncio, e esperamos pelo que parece ser uma hora, mas, de acordo com o relógio na parede, são apenas dez minutos.

Jacob volta para a sala.

— Nada — diz ele, parecendo nervoso. — E agora?

Meu coração se aperta. Tanto trabalho para nada. Não dá para guardar o óleo de volta no vidro. Não dá para guardar a terra de cova no saquinho. Precisamos resolver isso. Precisamos trazer o Emissário para cá. Agora.

Eu me levanto.

— Aonde você vai? — pergunta Lara.

— Para o Véu. — Jacob e Lara parecem horrorizados, então explico: — Precisamos chamar a atenção do Emissário, né? Bom, a Renée disse que a luz no meu peito era um farol. Que, se eu entrar no Véu, vou me destacar, e ficaria mais fácil para o Emissário me encontrar.

— Certo — diz Lara.

— Então... se você quer fisgar um peixe...

Lara concorda com a cabeça.

— Precisa de uma isca.

— Não gosto disso — diz Jacob.

— Você tem uma ideia melhor?

— É lógico que não! — exclama ele, e depois geme. — Anda, vamos logo.

— Tomem cuidado — diz Lara.

— Esteja pronta — respondo.

Afasto a cortina, me preparo para a queda, para o instante de frio, e então estou de volta à sala de sessões espíritas; igual, porém diferente. Olho para baixo e vejo o eco do círculo que fizemos no chão, uma sombra dele, como se tivesse atravessado para o outro mundo.

E acho que isso pode dar certo.

Respiro fundo e grito o mais alto que consigo:

— EU NÃO TENHO MEDO DE VOCÊ!

O Véu engole minhas palavras, abafando-as, mas não me importo.

— VEM ME PEGAR! — grito, extravasando toda minha raiva e medo. Berro até meus pulmões começarem a doer, e minha cabeça começar a girar, e Jacob segura minha mão.

— Acho que você já foi bem direta — diz ele, me puxando de volta pelo Véu.

Um tremor, uma arfada, e a sala de sessões espíritas iluminada de vermelho volta a ganhar foco. Eu me equilibro e Lara nos olha do chão e balança a cabeça.

Nada.

Prendemos a respiração e esperamos, mas os segundos passam, e ninguém aparece.

Lara estica o olho grego intacto.

— Acho que não deu certo.

— Não faz sentido! — exclamo, pouco antes de escutar o som.

O mesmo som que meu espelho fez no cemitério, quando o Emissário o arremessou contra a tumba. O estalo baixo de vidro quebrando.

Lara e eu olhamos para baixo. O olho grego se partiu na palma dela.

E nós duas sabemos o que isso significa.

Ele está vindo.

— Tem certeza? — pergunta Jacob. — Não há sinal de... — Ele para de falar.

Na verdade, sua voz emudece, junto com todos os outros sons na sala. A melodia metálica some. O mundo cai em silêncio.

A temperatura diminui.

Amarro a corda branca ao redor do meu pulso, e Lara pega a outra ponta, uma conexão entre nós, uma âncora.

Agarro a câmera, só para eu ter algo em que segurar, para evitar que minhas mãos tremam e que eu perca a coragem conforme o Emissário surge.

Ele não passa pela porta.

Em vez disso, se forma como uma tempestade. Ele desliza como fumaça entre os quadros na parede, através das rachaduras e frestas na sala. Então se reúne em uma sombra, uma forma: membros esqueléticos em um terno preto. Um chapéu de aba larga e dedos compridos, enluvados, e olhos pretos sem fundo por trás de uma máscara de caveira.

— *Nós encontramos você, Cassidy Blake* — diz ele naquele tom rouco embaralhado.

Não, eu encontrei você, penso.

Mas o Emissário ainda não está no círculo.

Preciso dar um jeito de ele andar para a frente. Preciso ir para trás.

Mas minhas pernas estão paralisadas de novo. É a máscara de caveira, ou melhor, a coisa por trás dela. Aquela escuridão que me alcança e me segura.

O Emissário estica uma mão, como se eu simplesmente fosse aceitá-la. Como se, depois de lutar *tanto* para permanecer viva, eu fosse desistir tão fácil.

E, mesmo assim, sinto meus dedos se mexerem.

Minha mão levanta.

Não consigo escapar. Não consigo afastar o *olhar*.

— Cassidy!

A voz de Jacob me atinge como um flash.

Um flash. A câmera.

Eu me obrigo a levantar a câmera e olho pelo visor, usando a lente em vez dos meus próprios olhos, e minha mente imediatamente se desanuvia. Minhas pernas se soltam do chão.

— Vem me pegar — provoco, tentando não soar hesitante dando passos para trás, saindo do seu alcance. E o Emissário dá um passo para a frente, entrando no círculo. — Lara! Agora!

Ela risca um fósforo. Não acende.

Ela risca um segundo. Ele acende, e então apaga.

— Lara! — grito, o pânico entremeado à minha voz ao mesmo tempo que o Emissário dá outro passo para a frente. Agora ele está parado no meio do círculo, mas logo estará na beirada, e então sairá, e aí...

O terceiro fósforo é riscado. E acende.

Lara o leva até o óleo, e o círculo começa a pegar fogo.

O Emissário para.

Ele olha para baixo, sua máscara inclinando para um lado, nitidamente confuso.

Achei que seria tudo rápido, o fósforo riscado, uma explosão repentina das chamas. O círculo iluminado e fechado em um instante. Em vez disso, o fogo se move devagar. Aos poucos, um risco fino é formado ao redor dos pés do Emissário.

Mas está dando certo. O Emissário se remexe, preso na armadilha, a chama desliza pelo círculo, se fechando, e...

— Cassidy — diz Jacob com uma voz hesitante.

Eu me viro para ele. Conheço Jacob, desde seus cachos loiros até sua camisa de super-herói, seus olhos brilhantes e seu sorriso travesso. Mas, agora, ele parece *errado*. Ele está ensopado, com as roupas grudadas no corpo estreito. Seu corpo se torna esmaecido e cinza, o cabelo flutuando ao redor do rosto, como se estivesse embaixo da água.

Ele repete meu nome, a palavra cheia de tristeza e medo.

— Cass?

E eu não entendo, até entender.

O círculo.

O círculo serve para romper a linha, acabar com a minha conexão com o Emissário. Mas nós não somos os únicos ligados.

Ele está cortando Jacob também.

Sou a única coisa que o prende aqui.

E a conexão está se desfazendo.

O óleo continua queimando. O fogo entalha seu caminho fino e brilhante pelo círculo, e Jacob cai de quatro no chão, a vida se esvaindo de seu corpo.

— Não! — grito, indo na direção dele.

— Só mais um pouco! — grita Lara enquanto o círculo queima, e o Emissário tenta, sem sucesso, se arrastar para a frente.

Suas bordas começam a embaçar, a beira do chapéu se dissolvendo em fumaça. Mas Jacob também está desaparecendo.

— Cassidy, não! — avisa Lara.

Mas me jogo ao lado dele, implorando para que aguente firme, para que fique. Ele estremece e rola, tossindo água de rio no piso de madeira exposto. Mas parou de ficar transparente, parou de desaparecer.

— Estou bem — diz ele, arfando. — Estou bem.

Mas não devia estar. O feitiço continua. E então olho para baixo e vejo que meu sapato atravessou a linha do círculo, interrompendo a chama.

— Cassidy, cuidado! — grita Lara.

Olho para cima, e lá está o Emissário, livre da armadilha e se esticando na minha direção. Seus dedos enluvados roçam minha pele como uma brisa congelante.

E então Lara surge, se jogando entre mim e o Emissário.

A última coisa que vejo é aquela mão enluvada se fechando sobre o braço dela antes de o anel de fogo se apagar, o círculo de terra de cova implodir e o Emissário desaparecer.

Junto com Lara.

CAPÍTULO VINTE

Fico sentada no chão de madeira, atordoada.

Diante de mim, os restos queimados do círculo continuam soltando fumaça.

Foi tão rápido. A corda branca continua amarrada ao meu pulso, mas a outra extremidade pende solta, abandonada. A mochila vermelha de Lara está apoiada no sofá, o único sinal da sua presença ali.

Não é certo.

O Emissário só estava atrás de *mim*.

Porém, a verdade se acomoda como um peso sobre meu peito. Emissários buscam intermediários. Todos que enganaram a morte. O que significa que, apesar de ele ter vindo atrás de mim, Lara sempre correu perigo.

— Cass — diz Jacob, ainda se recuperando do feitiço.

Mas já estou de pé. Preciso encontrar Lara. Ela não pode ter ido tão longe assim.

Cambaleio até sua mochila, esticando a mão para o Véu. Eu a jogo sobre um ombro, seguro a cortina e a afasto, trocando uma sala de sessões espíritas por outra. As ruínas fumegantes do nosso círculo de banimento marcam o chão, mas, fora isso, não há sinal de Lara nem do Emissário.

Corro pela escada, atravessando a casa às vezes em chamas, saindo para a praça tumultuada. Minha visão fica dupla de novo por causa dos Véus sobrepostos, e vejo fantasmas e espectros, carruagens e incêndios, e desfiles por toda parte.

Mas nenhum sinal de Lara.

Fecho os olhos e tento sentir nossa conexão, a coisa que todos os intermediários compartilham, mas o Véu é tão confuso, tão caótico, que não consigo pensar além do barulho, não consigo sentir nada além de pânico, então grito seu nome.

Grito até chamar a atenção dos espíritos. Até um punhado de fantasmas começar a vir na minha direção.

— Cass — diz Jacob ao meu lado. — Ela não está aqui.

Mas precisa estar.

Ela não pode...

Lágrimas se acumulam nos meus olhos, embaçando minha visão até a praça se tornar apenas vultos indistintos e silhuetas cinza, um mundo desfocado.

Foco.

Minha câmera. Sempre que olho para o Emissário pela lente, ele se torna uma massa escura, uma forma preta na frente do mundo. Levanto a câmera e olho através dela, ajeitando o foco da lente enquanto analiso a praça lotada, buscando a escuridão, a sombra, procurando por alguma coisa, qualquer coisa, fora do lugar.

Nada, nada... e então eu vejo.

Uma carruagem sem cavalos.

Ela é preta como a noite, preta como o espaço por trás dos olhos da caveira, e passa direto pela multidão, passando e saindo da praça.

E eu *sei* que Lara está lá dentro.

Ela não foi embora, ainda não.

Mas preciso descobrir para onde está indo.

Começo a seguir a carruagem, e esbarro em um fantasma.

Ele faz cara feia e me empurra.

— Presta atenção, garota.

Baixo a câmera, e a praça volta violentamente ao foco, uma massa fervilhante de movimento e espíritos, muitos vindo na minha direção.

Jacob me puxa para longe dos fantasmas, mesmo enquanto levanto a câmera e ajusto o foco, ainda procurando, procurando. Mas perdi a carruagem de vista.

Voltamos para o mundo dos vivos, a transição tão dissonante que preciso me apoiar em uma parede por um instante até minha visão desembaçar. Meu coração dispara no peito, em pânico, mas também com esperança.

A carruagem sem cavalos estava indo para algum lugar.

Só não sei para onde.

Não sei quanto tempo resta.

Não sei, não sei, não sei.

Mas sei que existem pessoas que sabem.

Saio correndo, atravessando um quarteirão atrás do outro, derrapando diante da Fio & Osso. Escancaro a porta. Ou tento, mas ela permanece no lugar. Empurro de novo antes de notar que a placa na vitrine diz FECHADO.

Não, não, não.

Balanço a maçaneta. Esmurro a porta. Mas as luzes estão apagadas, e ninguém atende, e não vou conseguir entrar na sala da Sociedade e falar com os membros antigos sem um membro da Sociedade para me *deixar* entrar.

Jacob espia pela vitrine, depois se afasta, balançando a cabeça.

— Não tem ninguém aqui — diz ele. — Só o gato.

Isso não pode estar acontecendo. Não agora.

Eu *preciso* da Sociedade.

— Cassidy, nós sabemos onde um deles está — diz ele.

É óbvio. Lucas Dumont.

O guia oficial dos Espectores. E historiador da Sociedade.

Estou ofegante e com o estômago embrulhado quando voltamos à mansão LaLaurie, o calor queimando meus pulmões. No fundo, torço para meus pais e a equipe estarem esperando por nós na esquina, mas ainda não passou uma hora, eles não terminaram a visita, e não tenho tempo. *Lara* não tem tempo.

Empurro o portão, piso na alcova arqueada, e o Véu se levanta, em alerta. Passo pela porta, entro no hall escuro, e o outro lado geme e me empurra, mas não vejo nenhum sinal dos meus pais, da equipe de filmagem ou de Lucas.

Presto atenção, tentando distinguir as vozes sob as batidas na minha cabeça, e escuto passos no andar de cima. Corro pelo corredor, mas, no instante em que meu pé toca a escada, o Véu se agiganta ao meu redor, conduzindo o tilintar de taças de champanhe e a vibração de um grito angustiado, tão alto e demorado quanto uma chaleira chiando sobre o fogão. Ondas de raiva e tristeza desabam sobre mim enquanto o Véu me faz cair de quatro nos degraus.

Não, não, não, penso enquanto ele se estica pelo piso, a fina cortina cinza envolvendo meus pulsos com força, me puxando para baixo.

Jacob me puxa de volta.

A pressão etérea de suas mãos nos meus ombros é a única coisa que me prende ao mundo dos vivos.

— Não me solta — imploro, jogando toda a minha energia contra o outro lado.

Ele tremula um pouco com o esforço.

— Confia em mim — diz ele, me segurando com tanta força quanto é possível para um fantasma enquanto olho para cima e vejo meus pais descendo a escada.

— Cassidy? — diz minha mãe.

Não sei o que eles sentiram ou viram lá dentro, mas o medidor de CEM está desligado na mão dela, e a boca do meu pai está apertada em uma linha séria. Lucas vem atrás deles, junto com Jenna e Adan, que exibem expressões cansadas, as câmeras pendendo ao lado dos seus corpos. Lucas olha para mim, franzindo a testa ao me ver sozinha, mas é meu pai quem pergunta:

— Cadê a Lara?

Engulo em seco, lutando para formar a resposta.

— Ela está... com a tia.

As palavras saem fracas, com minha voz falhando.

— Você está bem? — pergunta minha mãe, e isso faz meus olhos arderem.

Não consigo me obrigar a dizer que sim, então nego com a cabeça e respondo:

— Estou me sentindo mal. Posso voltar para o hotel?

Meu pai pressiona as costas da mão contra minha testa, e minha mãe parece preocupada. Faz poucos dias desde que desmaiei em Paris.

— É óbvio — responde meu pai.

Apenas Lucas parece sentir que algo deu errado, apesar de eu não saber se é por causa da mentira ou pelo olhar suplicante que lanço para ele.

— Eu posso levar a Cass para o hotel — diz Lucas.

— Tem certeza? — pergunta minha mãe. — Temos que gravar as cenas reservas, mas...

— Não tem problema nenhum — diz ele, e me sinto grata ao segui-lo para fora dali, com Jacob em nosso encalço. — O que houve? — pergunta Lucas assim que saímos.

A história sai de mim de uma vez só: nossa ideia de atrair o Emissário, a montagem na sala de sessões espíritas, como tudo deu certo até dar errado, como o Emissário levou Lara em vez de mim, a carruagem sem cavalos que vi na praça, a sede fechada da Sociedade.

— Tenho uma chave — diz Lucas, tirando-a do bolso enquanto vamos correndo para a loja.

— Não sei para onde ele vai levá-la — tagarelo. — Ela não estava em perigo até eu...

— Ela sempre esteve em perigo, Cassidy — diz Lucas. — Ela entendia isso, mesmo que você não entendesse.

Lágrimas escorrem pelo meu rosto, e as afasto. Ela não se foi. Lara Chowdhury é a garota mais esperta e mais teimosa que conheço. Ela não se foi.

Só preciso encontrá-la.

Não consigo ler a mente de Jacob da mesma forma que ele lê a minha, mas sei que ele também se sente culpado. Era impossível prever que o feitiço o afetaria também.

A carta de tarô sussurra na minha mente.

Não importa o que escolher, você vai perder.

— Você devia ter deixado eu ir embora — sussurra Jacob, e, se ele fosse de carne e osso, eu lhe daria um soco.

Em vez disso, digo, ríspida:

— Mas não deixei. Não tinha como. Não posso. Não vou perder nenhum amigo hoje.

Lucas olha para mim, mas não parece perturbado com o fato de que estou gritando com alguém invisível. Fico me perguntando se existe *algo* que o perturbe. Nesse sentido, ele me lembra Lara. Se ela estivesse no meu lugar, saberia o que fazer. Tento convocar sua voz na minha cabeça. *Vai devagar*, diria ela. *Fique calma, pense.*

Respiro fundo.

— Um dos membros antigos da Sociedade disse que, se o Emissário me pegasse, ele me levaria para um lugar *depois* do Véu.

Lucas concorda com a cabeça, empurrando os óculos para cima do nariz.

— Faz sentido. De acordo com a maioria dos relatos que li, o mundo é separado em três espaços. A terra dos vivos, o Véu no meio, e o lugar que fica depois.

— Sei como sair da terra dos vivos e entrar no Véu — digo. — Existe um tipo de *cortina*. Mas como você sai do Véu para o outro lugar?

— Não sou um intermediário — diz Lucas, balançando a cabeça enquanto atravessamos uma rua movimentada. — Mas já li o suficiente para saber que a travessia acontece na Ponte das Almas. Ela fica no fim do Véu. A boa notícia é que não se trata de uma cortina nem de uma porta. É um local que deve ser atravessado. Às vezes é uma estrada, às vezes é uma torre cheia de escadas, às vezes...

— Pode ser uma ponte de verdade? — pergunta Jacob.

— Quê?

Eu me viro e percebo que Jacob parou de andar. Ele está diante de uma loja de turistas, encarando o mapa enorme da cidade que é exibido na vitrine, e aponta para algo. Volto até ele e paro ao seu lado, analisando o mapa. O desenho mostra o Bairro Francês e o Garden District, os cemitérios espalhados como túmulos pela cidade.

Sigo a mão de Jacob para cima, para a beirada esquerda da imagem, onde o arco da cidade dá espaço para a costa de um lago imenso.

E lá, atravessando a água, está uma ponte.

Uma ponte tão comprida que desaparece no canto do mapa.

— A ponte — diz Lucas, parando ao meu lado.

E, no mesmo instante, as peças se encaixam em minha mente.

A voz do meu pai quando chegamos aqui.

É lar da ponte mais comprida dos Estados Unidos. A ponte do lago Pontchartrain. Não dá para enxergar o outro lado da margem.

A força estranha que Jacob e eu sentimos no cemitério Metairie, vindo da direção do lago. Mas e se não fosse o lago?

E se fosse a *ponte?*

— Tem certeza? — pergunta Jacob.

A verdade é que não tenho. E sei que, se eu estiver errada, pode ser tarde demais, posso perder Lara.

Mas, se Lara estivesse aqui, ela me diria que sou uma intermediária e preciso aprender a confiar nos meus instintos. Se eu fechar os olhos e conseguir ignorar os sons do Bairro Francês, o ritmo caótico do Véu, consigo sentir *alguma coisa.* O oposto da força que me puxa na direção de Lara. Um empurrão em vez de um puxão, como ímãs virados para o lado errado.

Aponto na direção da sensação e abro os olhos.

— A ponte fica para lá? — pergunto.

E Lucas concorda com a cabeça.

— Uma bússola espiritual — diz Jacob. — É tipo um superpoder novo.

O que é ótimo, mas estamos no meio do Bairro Francês e, considerando o mapa, a ponte fica a quilômetros de distância.

— Como chegamos lá? — pergunto, mas Lucas já tirou o celular do bolso.

— Conheço alguém que pode ajudar — diz ele, fazendo uma ligação.

Escuto uma voz animada atender do outro lado da linha:

— Olá, olá!

— Oi, Philippa — diz ele. — Temos uma emergência. Código sete. Você consegue vir com o carro? Sim, para a Fio & Osso.

— Código sete? — questiono quando ele desliga. — O que isso significa?

— Não faça perguntas — diz Lucas.

Eu me retraio.

— Desculpa, só fiquei curiosa...

— Não — diz Lucas. — O código sete significa: não faça perguntas. Precisamos acrescentá-lo, porque a Philippa fala bastante, e, às vezes, não temos tempo a perder.

Ficamos esperando na calçada, meu peito apertando a cada momento enquanto troco a mochila vermelha de Lara de ombro e aperto o olho grego quebrado em meu bolso como se isso fosse me dar mais tempo.

Aguenta firme, Lara, penso. *Aguenta*.

— Ela é muito esperta — diz Jacob. Olho para ele. Tenho quase certeza de que esse é o primeiro comentário legal que ele faz sobre Lara. — Ela é muito esperta — repete ele — e teimosa, e conhece muitos truques, então tenho certeza de que ela vai ficar bem até chegarmos.

Mordo o lábio e concordo com a cabeça, torcendo para ele ter razão.

— É melhor eu avisar logo — diz Lucas — que o carro da Philippa não é dos mais normais.

Quase espero que ela apareça em uma carruagem com cavalos.

Em vez disso, ela aparece em algo *bem* pior.

— Ah, não — diz Jacob quando o veículo para diante da calçada, parecendo um vagão de trem esticado.

Não é um vagão, é óbvio.

É um *rabecão*.

Philippa se inclina para fora da janela do motorista, seu cabelo loiro-branco levantado feito uma pluma sobre a cabeça, com um cravo enfiado atrás de uma das orelhas.

— Olá de novo — diz ela. — Alguém aí precisa de uma carona?

CAPÍTULO VINTE E UM

Philippa pode estar dirigindo um rabecão, mas se comporta como se fosse um carro de corrida, passando por todos os sinais amarelos e metade dos vermelhos.

— É melhor do que uma ambulância — diz ela, animada. — As pessoas sempre saem da frente.

— Cuidado — diz Lucas enquanto ela se enfia entre os carros, acelerando tanto que o caixão na traseira pula e desliza.

— Os vivos são muito sensíveis quando se trata dos mortos — diz Philippa.

— Às vezes, os mortos também são sensíveis — diz Jacob, que está sentado ao meu lado no banco de trás. — Eu, por exemplo, não estou vendo graça em dividir o carro com um cadáver.

Bem, há um *caixão* atrás de nós, coberto com flores. Ninguém olhou lá dentro para ver se...

— Ah, é só o Fred — diz Philippa, acenando com uma mão.

Um calafrio percorre minha espinha, e Jacob e eu nos inclinamos para a frente, tentando nos afastar da madeira polida.

— Então — digo, tentando não pensar no Fred. — Você dirige um carro fúnebre?

— Geralmente, não. Quer dizer, o carro é do meu namorado, mas ele sempre me empresta quando está livre.

Olho por cima do ombro, me perguntando qual seria a definição dela de *livre*.

— Sempre tem um caixão lá atrás?

— Eu disse — responde ela, acenando de novo. — É só o Fred.

— Ela está se referindo ao caixão — explica Lucas.

— Certo, ao caixão. Chamamos ele de Fred — diz Philippa. — Está vazio — acrescenta ela, quase como se isso fosse um detalhe bobo.

Suspiro de alívio, mas então prendo o ar com força quando Philippa se enfia no meio de dois caminhões e pisa fundo no acelerador. Lucas fecha os olhos. E acho que é assim que vou morrer. De novo. Não em um rio, não pelas mãos do Emissário, mas em um rabecão, costurando o trânsito da tarde rumo ao lago Pontchartrain.

Seguro o olho grego quebrado no bolso, apertando até meus dedos doerem. Eu não tinha certeza se estávamos certos sobre a ponte, mas, conforme o carro corre rumo ao norte, consigo *sentir*, como uma sombra na minha visão periférica, como um pedaço de frio em um dia quente, e sei que estamos no caminho certo.

— Música? — pergunta Philippa, já ligando o rádio.

Não sei o que esperar (rock, pop, ou até música clássica), mas o que sai das caixas de som é uma série de gongos baixos, uma música de meditação tão destoante do rabecão acelerado e do meu pânico crescente que quase me faz rir.

Enquanto seguimos em frente, seguro a mochila vermelha no meu colo, passando o dedão pela letra *L* bordada na frente que nunca notei.

— Será que a gente vai chegar a tempo? — pergunto.

Eu só quero que um adulto minta e me diga que vai ficar tudo bem, mas Lucas não abre a boca, e Philippa me encara pelo espelho retrovisor e responde:

— Não sei, Cassidy.

Antes de eu conseguir ficar nervosa, ela pisa no freio, e, se Jacob fosse corpóreo, tenho quase certeza de que voaria pela janela da frente. Em vez disso, ele se segura nas costas do banco. Penso na vitrine se estilhaçando sob seu punho, em como ele está ficando forte, e em como, até ontem, meu maior medo era que ele se tornasse um espírito fora de controle que eu teria que mandar embora. Tudo muda muito rápido.

— Você está me encarando — diz ele, e pisco rápido demais, do jeito como meu pai faz quando um comercial sentimental passa na televisão e ele tenta não chorar.

— Porque você está com uma cara esquisita — digo.

E ele mostra a língua.

Mostro a minha também.

Que bom que Jacob não é um fantasma normal.

Que bom que ele está mais forte do que nunca.

Preciso que ele seja assim.

Não quero perdê-lo.

Não quero perder Lara.

Não quero perder ninguém.

Não existe vitória sem derrota, disse a cartomante, mas *meu pai* falou que não podemos prever o futuro, porque ainda não o vivemos. Ele falou que as cartas não passam de espelhos, refletindo nossos próprios pensamentos, esperanças e medos.

Então eu sei do que tenho medo, mas também sei que nada é certo.

Sei que posso salvar um dos meus amigos sem precisar sacrificar o outro.

E sei que existe uma terceira vida em jogo: a minha.

— Chegamos — diz Lucas.

Olho para cima e vejo o lago se espalhando pelo horizonte, uma vasta poça cinza, tão grande que nem consigo enxergar o final. E, no meio dele, a ponte. Philippa estaciona o rabecão no acostamento, perto da foz. Carros passam, diminuindo ao ver um carro funerário parado com seu caixão coberto de flores na traseira, mas ela acena para que continuem enquanto saltamos.

Passo meu foco para a ponte. Ela se estica feito uma bala de caramelo, uma linha ondulada que segue direto para o horizonte.

— Pronto? — pergunto para Jacob.

— Não — responde ele, mas nós dois damos um passo para a frente.

Aqui, tão perto, consigo sentir o Véu *e* o lugar depois dele. A Ponte das Almas. Como uma bolsa de ar de silêncio, pesada e imóvel.

Mesmo no calor úmido, estremeço.

Com a proximidade, a sensação estranha de ser empurrada e puxada é mais forte. Aqui, parece que sou repelida. Algo dentro de mim, lá no fundo, me avisa que este é um lugar ruim, insiste para que eu corra para longe.

Mas não posso.

Estou prestes a pegar o Véu quando Philippa diz:

— Espere.

Ela enfia uma mão no bolso, tira uma bala, uma nota fiscal amassada, um biscoito da sorte e uma trança de linha vermelha.

Ela separa a corda vermelha das outras coisas e devolve o restante para o bolso.

— Estique a mão, Cass.

Eu obedeço, achando que ela vai colocar a corda vermelha na minha palma, mas, em vez disso, ela a enrola várias vezes ao redor do meu pulso.

— É fácil se perder no espaço entre os mundos — diz ela. — É como um sonho. Às vezes, você se esquece do que é real ou não. — Ela amarra as extremidades em um nó. — Isto vai ajudar você a lembrar.

Penso em Neville Longbottom e no seu Lembrol, do jeito como ele ficava vermelho quando algo era esquecido. O problema, evidentemente, era que Neville nunca conseguia se lembrar do que esqueceu.

Mas tudo que digo é:

— Obrigada.

Philippa se despede com um aceno de mão, e Lucas acena com a cabeça para mim.

— Tome cuidado — diz ele.

Respiro fundo e pego o Véu.

A cortina cinza vem correndo encontrar minha mão. Ela desliza entre meus dedos, e seguro firme, afastando-a para o lado. Sinto a guinada quando o chão desaparece, levando a luz, as cores e o som dos carros embora. Há um instante de queda, de frio, e então estou de pé novamente, e o mundo é mais sombrio, mais silencioso.

Mas aqui, pelo menos, não há camadas confusas nem visão dupla. Só um trecho cinza sem graça.

Jacob para ao meu lado, suas bordas sólidas contra a paisagem pálida.

Ele olha para a frente. Sigo seu olhar e vejo a ponte.

No mundo dos vivos, ela era cinza, de concreto, mundana. Porém, aqui, é outra coisa. Maior, mais estranha, um trecho de pedra preta polida que se alonga até onde meu olhar alcança, o fim desaparecendo na névoa. Não há água nem grades de segurança, apenas um caminho comprido até as sombras.

— Nem um pouco sinistro — diz Jacob, tentando demonstrar seu sarcasmo habitual e fracassando.

Consigo escutar a hesitação em sua voz, a onda de medo. Nenhum de nós quer estar neste lugar. Nenhum de nós quer atravessar esta ponte.

Algo se mexe atrás de nós, estremecendo e suspirando, e eu me viro. A carruagem sem cavalos está aqui, mas vazia. E sei que Lara está em algum lugar daquela ponte.

E precisamos trazê-la de volta.

Eu roubei da Morte no passado.

Estou pronta para roubar de novo.

Jacob pega minha mão. Eu aperto a dele, ele aperta a minha de volta, e, pela primeira vez, não temos nada a dizer. Porque nós sabemos que não estamos sozinhos.

Juntos, damos um passo à frente.

Juntos, cruzamos a fronteira.

Juntos, mas então uma violenta rajada de vento nos acerta, tão forte que tenho que fechar os olhos e abaixar a cabeça contra o ar flagelante. O vento puxa minhas roupas e arranha minhas pernas, faz a câmera bater contra meu peito.

Então desaparece.

E Jacob também.

Minha mão está vazia, e sou a única na ponte. Eu giro, procurando por ele, puxo o ar para chamar seu nome, mas não tenho a oportunidade.

A ponte estala sob meus pés.

Racha.

E, de repente, eu caio.

PARTE CINCO
A PONTE DAS ALMAS

CAPÍTULO VINTE E DOIS

Estou apostando uma corrida contra o sol.

A câmera pesa ao redor do meu pescoço, balançando em sua alça roxa. (Não roxa tipo bala de uva, mas violeta. Minha cor favorita.) Já coloquei o filme. Só preciso chegar na hora certa para tirar a foto.

Pedalo mais rápido, minha respiração virando fumaça. Isso é o que acontece quando você nasce no liminar entre o inverno e a primavera. O sol pode estar quente, porém o ar continua frio, com o mundo confuso entre permanecer congelado ou derreter. Meus pneus derrapam um pouco pela rua, mas sei andar bem de bicicleta, e vou desviando dos trechos escorregadios de gelo escuro que se escondem nas sombras.

Vejo a ponte.

O sol desliza pelo céu. Sei que, se eu parar no centro da ponte, vou conseguir capturar o sol descendo, bem no meio das colinas. Uma foto perfeita. Os pneus da bicicleta entram na ponte, deslizando ao saírem do asfalto e passarem para o metal com um som metálico abafado, uma sensação ruim me acerta feito um vento frio.

Mas não há tempo para pensar, porque um caminhão faz a curva e entra na ponte. Eu saio de seu caminho, me aproximando do parapeito, mas há espaço, estou segura, só preciso manter a bicicleta reta e...

A alça da câmera prende na grade de proteção, e dou uma guinada para o lado.

Tudo acontece muito rápido.

Em um segundo, estou indo para a frente, e, no outro, estou *virando*. O som de metal batendo em metal, da bicicleta arranhando a grade, o impacto da gravidade, o tombo, e então a queda apavorante, nada além de ar vazio enquanto o rio vem correndo em minha direção.

Jogo os braços para cima, acerto a superfície com a mesma graciosidade de uma bola de beisebol atravessando uma vidraça. Espatifando tudo.

E eu lembro.

Eu lembro, já estive aqui antes, não estou...

Mas então o frio me envolve, e não consigo pensar, não consigo respirar. Estou tão assustada que chego a tentar, e a água gélida desce pela minha garganta, tão fria que me engasga. Ela sobe por meus braços e pernas, me arrasta para baixo.

Eu sei nadar, eu sei, mas, naquele momento, estou afundando. Estou me afogando.

A superfície borbulha lá em cima, brilhando, e tento escavar caminho até lá, meus olhos embaçando com lágrimas de gelo. Mas não subo. Não importa a força dos meus chutes, a superfície não se aproxima.

Eu me debato.

Entro em pânico.

Estico a mão...

E é então que vejo.

Uma corda vermelha amarrada no meu pulso.

E eu lembro.

Eu estava na ponte. Não na que caí de bicicleta, mas na que fica depois do Véu. A Ponte das Almas. O que significa que isto não está acontecendo. Isto *já* aconteceu. Eu caí de bicicleta no meu aniversário do ano passado. Quase morri afogada. Mas sobrevivi. Porque Jacob me salvou.

Jacob. Nós estávamos juntos na Ponte das Almas. Então ele desapareceu, e eu caí e me...

Não, se concentra. Jacob. Jacob Ellis Hale, melhor amigo e fantasma oficial, que morreu tentando resgatar o brinquedo favorito do irmão caçula, que mergulhou no rio e nunca saiu.

Neste rio.

Eu giro na água escura, olhando para baixo em vez de para cima, e lá está ele. Jacob. Suas bochechas infladas com ar enquanto ele mergulha para baixo, analisa o fundo do rio, seus dedos fechando sobre o boneco.

Lá está ele, meu melhor amigo. Antes de ele ser meu, antes de ser...

Ah, não.

Este rio não é apenas o lugar onde eu *quase* morri. É onde Jacob *morreu*.

Como se me ouvisse, a correnteza fica mais forte, a água me puxa, revirando a lama e as pedrinhas no fundo. Jacob tenta se impulsionar para cima, mas seu sapato fica preso, agarrado em algo que ele não consegue ver.

Eu chamo seu nome, ou tento, mas só saem bolhas, ar que não posso desperdiçar. Meus pulmões estão gritando agora, enquanto Jacob se agacha para soltar a perna, sem ver a madeira que flutua na direção de sua cabeça até ser tarde demais.

Eu vejo quando a madeira o acerta. Vejo ele se curvar, e então estou nadando para baixo, contra o frio, contra a corrente, contra o peso dos meus próprios membros.

E é muito mais distante do que deveria ser, muito mais difícil do que deveria ser, mas eu o alcanço. Ele fica flutuando ali, como um sonhador, enquanto luto contra os gravetos e pedras ao redor do seu sapato, encontro o que prendeu seus cadarços, imobilizou seu calcanhar.

Eu o liberto.

Mas minha visão está apagando, a escuridão surgindo gradualmente pelas bordas, mas só preciso olhar para cima, nadar para cima e carregar meu melhor amigo enquanto subimos até a superfície.

Tiro a cabeça da água gelada, arfando, e Jacob tosse ao meu lado.

— Cass — arfa ele, piscando para afastar a escuridão, o sonho. — O que... eu não... eu estava lá embaixo... e...

— Eu te ajudei — digo enquanto nadamos para as margens do rio.

Porém, no instante em que saímos da água e chegamos à terra, a lama desaparece sob meus dedos, sendo substituída por pedra lisa.

Estamos de volta à ponte fria e escura. A Ponte das Almas. Juntos, não exatamente vivos, mas fora do outro rio e dos rumos a que ele levaria.

A névoa paira ao nosso redor, engolindo as duas extremidades da ponte. Minhas roupas estão secas, mas continuo tremendo enquanto levantamos.

— Precisamos sair daqui — diz Jacob.

— Não sem a Lara — respondo, irritada.

Ele franze a testa para mim e diz:

— É óbvio. Mas como vamos encontrá-la?

Olho ao redor, mas só vejo névoa.

Aperto a mochila vermelha de Lara pendurada em meu ombro e fecho os olhos, respiro, tento sentir a conexão que nos une, que passa por todos os intermediários. Mas, naquele exato momento, não consigo sentir nada além da ponte. Abro os olhos e os estreito, tentando entender qual é o caminho para a frente e qual nos faria voltar. Os dois parecem iguais, porém um me passa a sensação de perigo, e o outro é reconfortante.

É assim que sei qual rumo seguir.

Nado contra a correnteza do meu medo.

Vou *contra* a vontade de fugir.

Contra o desejo de viver.

E na direção do outro lado da ponte.

Pelo menos não estou sozinha. Jacob está comigo, a cada passo. Mas não demora muito para eu começar a me sentir... cansada. O frio do rio continua enroscado em meus ossos. Meus dentes começam a bater e minhas pernas a doer. Minha cabeça está girando, como acontece quando permaneço no Véu por tempo demais. Quero deitar. Quero fechar os olhos.

Eu cambaleio, mas Jacob me segura.

— Ei, Cass — diz ele. — Qual é a quinta regra da amizade?

— Hum — digo, tentando me concentrar. — Não deixe seus amigos serem roubados por fantasmas.

— E a regra #8?

Bufo uma nuvem branca.

— Não deixe seu amigo ser atropelado por um carro.

— E a #16?

Engulo em seco, minha voz se tornando mais forte.

— Não vá para um lugar que eu não possa ir também.

Minha cabeça está começando a desanuviar. E lá na frente a névoa começa a dispersar o suficiente para eu enxergar uma garota com duas tranças escuras e uma camisa cinza-clara, a luz avermelhada brilhando em seu peito.

— Lara! — grito, porém minha voz faz o oposto de ecoar. Ela desaparece, a centímetros do meu rosto, engolida pelo silêncio pesado daquele lugar.

Mais à frente, Lara cambaleia, tropeça e cai.

— Lara! — chamo enquanto ela se levanta e continua andando. — Lara! — grito de novo, me forçando a ir para a frente.

Mas ela continua sem me escutar. Quando me aproximo, vejo que seus olhos estão abertos, mas vítreos, desfocados, como se ela estivesse sonhando.

— Lara, sou eu — digo, mas ela não pisca e não para de andar. — Você precisa acordar.

— Hum, Cass — diz Jacob, e, pelo seu tom de voz, sei que algo mais está errado.

Eu me viro na sua direção, mas ele está olhando para a frente, para o ponto em que a névoa engole a ponte.

O espaço ali está ficando mais escuro, o cinza se dissipando no preto.

Estamos quase no fim do caminho. Mas Lara continua andando, o brilho vermelho oscilando em seu peito.

— Lara, *para* — digo, agarrando seu braço.

Mas, no momento em que minha mão toca sua pele, o mundo dissolve, a névoa recua, e, de repente, não estou na ponte. Estou em um quarto de hospital, cercada pelos bipes vagarosos das máquinas, do cheiro de limpeza química de lugares doentes.

E ali, deitada no meio da cama estreita, está Lara.

Ela deve ter oito ou nove anos, mas parece tão pequena. Sua pele marrom-clara está molhada de suor; seu cabelo preto, grudado no rosto. Sua respiração sai em intervalos irregulares, engasgando, gaguejando, como se houvesse algo preso em seu peito.

Abro a boca para chamar seu nome, mas alguém o diz no meu lugar.

— Lara.

Olho para cima.

Um homem e uma mulher estão de pé do outro lado da cama, abraçados, seus rostos fundos de medo. Nunca os conheci, mas sei que devem ser os pais de Lara. Ela está estampada no rosto deles, os olhos afiados e o queixo pontudo dela.

Um médico está ao pé da cama, olhando para uma prancheta.

— Estamos fazendo todo o possível — diz ele. — O coração dela está fraco. A febre não cede...

Do outro lado da cama, o homem e a mulher parecem muito *perdidos*.

— Vamos lá para fora — diz o médico. — Precisamos conversar.

E, na cama, as pálpebras de Lara se mexem. Sua boca abre e fecha, e ela diz, pouco mais alto do que um sussurro:

— Não vão embora, por favor.

Mas ninguém escuta.

O médico guia os pais dela para o corredor. E Lara gira na cama, no seu sono febril.

Consigo sentir o calor emanando de sua pele. Um brilho vermelho paira no ar, igual à luz dentro do seu peito.

Então eu entendo: este é o rio *dela*.

Este é o momento em que ela quase morreu.

E é por isso que estamos aqui. É para isso que serve a Ponte das Almas. É isso que o Emissário quer. Mudar nossos destinos. Consertar as coisas.

Mas isso não aconteceu.

Eu não me afoguei, e Lara *não* vai apagar feito uma vela. Não vou deixar.

— Lara. — Estico o braço e seguro sua mão. Está quente, mas não solto. Aperto. — Acorda.

Ela murmura no sono:

— Por quê?

— Porque isto não é real — digo. — É só um sonho.

— Pesadelo — sussurra ela.

Ela parece tão distante. Os batimentos cardíacos no monitor do hospital estão lentos demais. A respiração está muito fraca. Minha mão queima na dela, mas não solto.

— Você *precisa* acordar — digo.

— Estou tão cansada — murmura ela.

Eu entendo. Também estou cansada.

Quero deitar ao seu lado na cama.

Quero, mas, quando olho para nossas mãos, vejo a corda vermelha em meu pulso, um lembrete para voltar.

Na cama, a respiração de Lara vacila, e não sei se o que escorre por seu rosto são gotas de suor ou lágrimas.

— Eles nunca ficam — sussurra ela.

Olho pela janelinha na porta, para o homem e a mulher no corredor, falando freneticamente com o médico. Não consigo escutar o que dizem, porque Lara nunca escutou, mas eles parecem nervosos. Parecem assustados. Impotentes.

Mas, mesmo que não possam ajudá-la, eu posso.

Só preciso descobrir como.

Se ela fosse um fantasma, eu poderia lhe mostrar um espelho. Mostrar o que eu vejo, lembrá-la de quem ela é. Mas Lara não é um fantasma, ainda não, então minha única alternativa é lhe contar.

— Me escuta, Lara — digo enquanto ela se encolhe ainda mais na cama. — Você é a pessoa mais inteligente que eu conheço, e preciso que me ensine, que me mostre, que me salve de todas as decisões idiotas e impulsivas que vou tomar, porque o Jacob não pode fazer isso.

— Fantasma — sussurra ela com um leve toque do seu desdém habitual. Mas é um toque, e me agarro a ele.

— Lara Chowdhury, você precisa acordar para a gente sair deste lugar. Você precisa acordar, porque, se não fizer isso agora, não vai ter outra chance. — Minha voz falha. — Você precisa acordar porque é minha amiga, e não vou sair daqui sem você.

Uma dobrinha surge entre suas sobrancelhas. Seus olhos se abrem, vítreos e febris.

— Cassidy? — diz ela.

— Sim — respondo, a palavra saindo depressa.

Ela pisca, e, ao fazer isso, cresce, deixando de ser a menininha na cama e envelhecendo até se tornar a garota que conheço. Ela olha ao redor.

— Como eu cheguei aqui?

— O Emissário — digo. — A ponte.

Seu olhar se torna mais afiado, ganhando foco.

— Eu lembro.

Lara tenta levantar, mas não consegue. Eu a ajudo a sentar, e então a ficar de pé, deixo que apoie seu peso em mim.

— Desculpa — digo. — O Emissário estava atrás de mim, não de você, e...

— Ah, para com isso, Cassidy — interrompe ela, parecendo mais normal. — Nós somos intermediárias, afinal. A morte é um risco ocupacional.

Eu sorrio, quase rio, antes de notar que o quarto de hospital está escurecendo ao nosso redor, os detalhes se dissolvendo nas sombras.

— *Cassidy!*

A voz de Jacob gira pelo quarto, baixa e distante. Ajudo Lara até a saída. Ela segura a maçaneta, abrindo a porta, e atravessamos. Quando fazemos isso, o hospital desaparece, e estamos de volta à Ponte das Almas, com nada além de vento, névoa e um Jacob de olhos arregalados.

— Olá, fantasma — diz Lara, pouco antes de Jacob jogar os braços ao redor do pescoço dela.

Ela cambaleia um pouco, não sei se por causa da surpresa, por um resquício da febre ou pela tontura causada pela estranheza deste lugar.

— Precisamos ir embora — digo.

— Então — diz Jacob —, falando nisso...

Ele aponta para algo atrás de mim. Atrás, na direção do começo da ponte. Na direção do mundo dos vivos. Na direção segura.

Aperto os olhos para a névoa.

No início, não vejo nada.

E então enxergo um risco.

Um chapéu de aba larga, flutuando em meio à névoa.

E um corpo comprido em um elegante terno preto.

E uma máscara branca como ossos com um sorriso congelado.

O Emissário vem em nossa direção através da névoa.

E, apesar de não ter um rosto, ele ainda consegue parecer muito, muito irritado.

CAPÍTULO VINTE E TRÊS

No mundo dos vivos, o Emissário era um ser esquelético, uma figura magra com uma máscara de caveira e um terno preto. Algo quase humano.

Aqui na ponte, ele não parece nem um pouco humano.

Suas mãos antes enluvadas agora são garras brancas como osso, e seu chapéu de aba larga é uma auréola noturna, o ar ao seu redor está borrado de preto-carvão. Frio e sombras emanam de seus membros, e cada passo dele deixa uma mancha na ponte.

E ele vem direto em nossa direção.

— *Vocês pertencem à Morte* — diz o Emissário em uma voz que parece a fumaça de um incêndio. Como o vapor chiando de uma chaleira. — *E vamos levá-los de volta.*

— É ruim, hein! — berra Jacob, se jogando diante de mim. Ele olha para trás, abrindo os braços o máximo possível, como se fosse capaz de segurar o monstro sozinho. Um sorriso surge no canto da sua boca.

— Posso atrasar ele — diz Jacob, se virando para encarar o Emissário de novo. — *Corram.*

Talvez ele *possa* atrasá-lo.

Talvez ele seja forte o suficiente para encarar o Emissário.

Talvez ele possa ajudar a gente a ganhar tempo.

Mas não vou sair deste lugar sem meus *dois* amigos. Agarro o pulso de Jacob e o puxo para longe da criatura. Pego a mão de Lara, e, juntos, saímos correndo.

O mundo às nossas costas é obscuro, porém a estrada adiante está mais clara. Nós só precisamos sair da Ponte das Almas. Nós só precisamos...

— *Aonde vocês vão?* — chia o Emissário, e há um tom horrivelmente satisfeito naquela voz rouca. Como se não houvesse para onde ir, como se a ponte não tivesse duas saídas.

O Emissário ergue uma mão, as garras ossudas apontadas para o céu, se é que existe céu em um lugar assim. E, de repente, a ponte aos nossos pés ondula e balança. Cordas pretas finas sobem do chão, vindo em nossa direção, se enroscando em nossos tornozelos e pulsos. Giro e me liberto de uma, desvio da outra, mas a terceira se prende ao redor da minha panturrilha, e a quarta envolve minha barriga. Cambaleio e caio, batendo com força na ponte. A câmera pressiona minhas costelas, tirando o ar dos meus pulmões, e a mochila vermelha de Lara desliza por vários metros à minha frente.

Ela para perto da própria Lara, que também caiu, lutando contra meia dúzia de cordas que tentam segurá-la. Jacob é o único que parece imune aos cabos pretos. Ele ajoelha ao meu lado, arrancando as cordas enquanto o Emissário se aproxima lentamente.

Eu me liberto da última corda, mas o anjo da morte monstruoso apenas ri.

— *Vocês não podem escapar de nós* — diz ele.

E o problema é que eu sei que isso é verdade.

Ele é um pescador, e nós somos o peixe. Precisamos arrebentar a linha.

— Jacob — digo, pulando na direção da mochila vermelha no meio da ponte. — Pega a Lara!

Ele já está lá, ao lado dela, arrancando as cordas que sobem cada vez mais como se fossem ervas daninhas. Em vez de sair correndo, eu abro a mochila, e jogo no chão o resto dos ingredientes do feitiço de banimento.

O saquinho de terra de cova está quase vazio.

Poucas colheradas de óleo balançam no fundo do vidro.

E um punhado de pedras e a caixa de fósforo caem, e os pego também.

— Fiquem atrás de mim! — grito enquanto Jacob ajuda Lara a levantar.

Uma das tranças se soltou, com o cabelo preto escapando do penteado. A respiração dela está pesada, mas Lara levantou-se, e, juntos, eles correm até mim.

O Emissário não faz isso.

Ele se move com uma lentidão apavorante, no ritmo constante de alguém (de *algo*) que sabe que sua presa não vai fugir. Jacob e Lara ajoelham ao meu lado. Lara entende o que estou fazendo. Ela começa a arrumar as pedras.

— Isso vai dar certo? — pergunta Jacob, ainda arrancando cada corda que surge da ponte.

— Não tenho a menor ideia — respondo. — Estou improvisando.

Mas eu vi como o feitiço atravessou as camadas do mundo, saindo do reino dos vivos e entrando no Véu. Então talvez, só talvez, ele funcione aqui também.

Não consigo fazer um círculo. Não tenho terra suficiente, nem óleo, e, mesmo se tivesse, o Emissário jamais entraria nele. Uma linha vai ter que bastar. Espalho o resto de terra de cova, que não passa de uma mancha sobre a ponte escura. Lara despeja o óleo em uma linha fina, suas mãos surpreendentemente firmes, mesmo em um momento como este.

Acendo um fósforo, antes de lembrar: Jacob. Meu coração vai parar no estômago. Se eu riscar o fósforo, se eu fizer o feitiço, o que vai acontecer? Ele vai ficar preso aqui? Ele vai seguir adiante?

Não existem respostas certas, disse a cartomante. *Não há como ganhar sem perder.*

Jacob encontra meu olhar e sorri.

— Está tudo bem, Cass.

Mas não está. Jogo meus braços ao redor dos seus ombros. Lágrimas escorrem pelas minhas bochechas. Não posso fazer isso. Não posso perder meu melhor amigo.

— O tempo está acabando — chia Lara conforme o Emissário se aproxima.

— Não importa o que acontecer — sussurra Jacob ao meu ouvido —, você nunca vai me perder.

E então, antes de eu conseguir impedir, ele pega a caixa de fósforos e risca um, jogando a chama no óleo.

O fogo pega.

E queima.

Ele se espalha do centro para as extremidades, e o Emissário vai para trás, se afastando da linha fumegante. Jacob oscila, ficando cinza, e aperto minha mão ao redor da dele, tentando mantê-lo ali, comigo, tentando impedir que nossa conexão arrebente.

Sombras passam pela máscara do Emissário.

— *Nós... vamos...* — Mas não consegue terminar a frase.

Ele inclina a cabeça, como se tentasse lembrar o que ia dizer.

O feitiço está funcionando.

E então o fogo crepita, e apaga.

Por um instante, acho que o feitiço acabou, que *deu certo*, apesar de Jacob continuar aqui. Mas então olho para baixo e me dou conta, cada vez mais apavorada, de que a linha não queimou. Não havia óleo suficiente. O banimento não deu certo.

O Emissário sorri e dá um passo tranquilo sobre as cinzas do feitiço arruinado.

A mão de Jacob larga a minha.

Ele solta um berro selvagem e se joga no Emissário, assim como fez antes, no cemitério. Lá, estávamos no mundo dos vivos, e Jacob não passava de um fantasma. Aqui, o Emissário pode ser algo *mais*, porém Jacob também é.

Ele acerta o ser com rosto de caveira com tudo, empurrando-o para trás da linha, as botas espalhando a terra de cova sobre a ponte. Jacob bate com as mãos no peito do Emissário, mas, agora, em vez de recuar, o Emissário permanece firme, e os punhos de Jacob afundam em sua pele, como areia movediça.

Jacob arfa e tenta se libertar, mas seus braços afundam ainda mais no terno preto. Seus tênis escorregam pela ponte enquanto o Emissário o puxa para dentro.

— *Você está no lugar errado* — diz a criatura, com a voz áspera. — *Nós vamos devolvê-lo.*

A cor começa a desaparecer do rosto de Jacob, de sua camisa, de seu cabelo, de sua pele. Algo dentro de mim parece se rasgar. Uma ligação se desfazendo. Uma conexão sendo quebrada.

— Cassidy — diz Jacob, sua voz fraca e diluída. — Vai.

Começo a ir na direção dele, mas Lara segura meu braço.

— Temos que ir — diz ela, mas me liberto, me impulsionando na direção do meu amigo, já empunhando a câmera.

O flash não vai funcionar, eu sei, mas a câmera ainda é pesada. Enrosco os dedos na alça roxa e balanço a câmera com o máximo de força possível, mirando na cabeça do Emissário.

Ela acerta a máscara de osso, como o som de metal batendo em pedra, como se quebrasse uma louça.

O Emissário solta Jacob.

Jacob cai sobre a ponte, e não tenho tempo para correr até ele, para ver se está tudo bem, porque o Emissário se vira para mim, esquecendo o fantasma. O sorriso apertado da máscara de esqueleto se abre e se curva, a escuridão absoluta aparecendo entre as rachaduras da máscara.

— *Cassidy Blake, sua hora chegou.*

Ele estica a mão.

Desta vez, não há convite. Não há uma ordem tranquila de *venha comigo.*

Ele simplesmente enfia a mão dentro do meu peito.

CAPÍTULO VINTE E QUATRO

Olho para baixo e vejo os dedos do Emissário se curvando ao redor da espiral atrás das minhas costelas, a luz azul-esbranquiçada da minha vida oscilando em seu aperto. A escuridão inunda meus sentidos.

Meu coração engasga, perde o compasso.

Com o canto do olho, vejo Lara ajoelhando ao lado de Jacob, e entendo que este é o fim, e não sinto medo de morrer de novo, não assim, protegendo meus amigos.

— *Nós vamos devolvê-la para a escuridão.*

Minha visão se estreita. Fecho os olhos com força. Não consigo respirar.

— E eu? — A voz de Lara é ríspida e límpida.

Abro os olhos com dificuldade e a vejo parada ali, a vários metros de distância, a luz vermelha quente de sua vida brilhando no peito. O aperto do Emissário afrouxa um pouco.

— Lara, para — sussurro.

— *Eu* fugi da Morte — diz ela, as palavras tão fortes quanto o juramento dos intermediários. *Observe e escute. Veja e saiba.* — Por que você não vem atrás de *mim*?

Não.

— *Eu* fugi da Morte — digo, e o rosto quebrado do Emissário gira de volta para mim. Seus dedos se apertam ao redor da minha vida, e estremeço, subitamente com frio.

— *Eu* roubei da Morte — diz Lara, como se fosse um campeonato, uma competição.

Desta vez, o Emissário me larga. Sua mão cheia de garras sai do meu peito, e desabo na ponte, tonta e ofegante.

Ele vai na direção de Lara.

— *Nós vamos levar você.*

E, apesar de tudo, Lara Chowdhury se mantém firme. Ela não dá um passo para trás. É a garota mais corajosa que conheço. E não posso deixar que faça isso.

— *Eu* roubei da Morte! — repito, e o Emissário para no meio do caminho.

— *Nós sabemos* — diz ele. — *Vamos levar as duas.*

— Mas quem vai primeiro? — pergunto.

— Devia ser eu — exige Lara.

— Não — digo. — Você veio atrás de mim, não é?

— Você nem *me* notou.

O Emissário olha de uma para a outra, sem saber quem levar.

E é por isso que não vê Jacob.

Não até que seja tarde demais.

Ele não percebe como está parado perto da beira da ponte sem grades de proteção, até que o borrão cinza-claro que é meu melhor amigo se joga ao redor de sua cintura esquelética, levando a escuridão com ele na direção da borda.

E além.

— Jacob! — grito, me jogando para a frente enquanto ele desaparece pela lateral.

Chego lá a tempo de ver o Emissário cair pela escuridão sem fim. E Jacob, tentando se segurar na beira da ponte, escorregando.

Jogo a alça roxa da câmera quebrada pela borda, sinto um peso repentino, como um peixe que se prende à linha, e, quando olho para baixo, vejo que Jacob a segurou.

— Peguei você — digo entredentes.

Mas ele tem peso aqui, e sua força me puxa para a frente, na direção da borda e da névoa infinita.

Porém, no instante em que começo a escorregar, Lara me alcança, abraça minha cintura, e, juntas, puxamos Jacob da escuridão. Todos caímos esparramados, ofegantes, na pedra preta polida.

Eu me arrasto até a beirada e olho para baixo, procurando na névoa. Não há sinal do Emissário.

Também não há som algum, apenas o silêncio da escuridão vazia. E as batidas do meu coração, soando como um aviso, me informando que estou aqui há tempo demais. Dizendo que preciso sair desta ponte, que preciso sair do Véu, e voltar para o meu lugar: a terra dos vivos.

Eu levanto e me viro para encarar meus amigos.

Lara está tentando alisar a camisa com as mãos trêmulas. Acho que nunca a vi tão desarrumada. Mas, fora isso, ela parece normal.

Jacob, por outro lado, parece um *fantasma*. Ele fica parado ali na névoa, magro e pálido como um pedaço de gelo, e me lembro da sensação horrível que tive quando o Emissário o prendeu, como se aquilo que nos conectasse estivesse partindo. Como se eu estivesse o perdendo.

Jacob, penso, mas ele não me encara.

— Olha para mim — digo, segurando seu rosto. — Seu nome é Jacob Ellis Hale, você tem dois irmãos, você viveu e morreu afogado no norte do estado de Nova York, depois você salvou a minha vida, e, agora, somos melhores amigos.

Por um longo instante, ele me encara como se não me visse, e então franze o rosto.

— Eu sei — diz ele, como se eu tivesse perdido o juízo.

Jogo meus braços ao redor de seus ombros e tento não pensar em como ele parece leve, quase como se não estivesse aqui.

— Achei que eu tivesse perdido você — digo.

— Regra #81 da amizade — responde ele. — Amigos não deixam amigos serem assassinados por monstros assustadores feitos de esqueleto na ponte entre o Véu e o lugar além.

Eu rio e me afasto para observá-lo.

Então dou um soco no seu ombro.

— Ai!

— Você não sente dor — digo.

— Você que pensa — responde ele, esfregando o braço. — Por que você fez isso?

— Você podia ter morrido — digo, irritada. — *De novo.*

— Bom, pois é. Mas deu certo, não deu?

— Se vocês não se importam — interrompe Lara, jogando a mochila vermelha no ombro. — Estou louca para sair daqui.

— Concordo — diz Jacob.

— Tem razão — acrescento.

Mesmo sem o Emissário, a Ponte das Almas não é um lugar amigável.

Começamos a voltar, caminhando lado a lado, Jacob relatando nossa aventura com um resumo dos melhores momentos, contando a Lara sobre o carro funerário e o rio antes de chegar às partes de que ela participou. Parece que andamos pra caramba. Mas, na volta, a ponte é curta. A névoa logo se dissipa, e a borda do lago fica visível. Saímos da ponte, voltando para a paisagem cinza-clara do Véu, o espaço liso e vazio como uma folha de papel.

Já estou esticando a mão para a cortina do Véu, sonhando com a terra firme, um banho quente e uma longa noite de sono, quando Jacob pigarreia.

— Ei — diz ele. — Hum, acho que tem alguma coisa errada.

Olho para trás.

— O quê?

Jacob estica o braço, como se tentasse alcançar o Véu, abre e fecha a mão, mas nada acontece. Ele baixa a mão.

— Acho que não consigo...

— É óbvio que consegue — digo. Quando Jacob me tirou da terra dos vivos, eu o tirei da terra dos mortos. Desde que nos conhecemos, ele consegue transitar entre nosso mundo e o Véu. É por isso que ele é capaz de existir tão longe do lugar onde morreu afogado. É assim que consegue me assombrar, aonde quer que eu vá. — Segura minha mão — digo.

Ele faz isso, e tento ignorar como seus dedos parecem frágeis — como se não fossem de carne e osso, mas de ar úmido — ao mesmo tempo que pego a cortina. Mas não dá certo. Consigo sentir o Véu esperando, mas, quando tento puxá-lo e atravessar, a mão de Jacob escorrega da minha, se transforma em nada. Como se ele nem estivesse ali.

— Não tem problema — diz ele com a voz embargada.

Mas tem, sim.

Eu me viro para Lara, que está olhando para o outro lado. Como se ela soubesse que isso aconteceria.

— Você sempre disse que Jacob e eu estávamos embaralhados, que era por isso que ele ficava cada vez mais forte — digo para ela. — Então alguma coisa desembaralhou na ponte. Como eu conserto isso?

— Cassidy — diz ela, baixinho. — Talvez *esteja* consertado.

— Então me ajuda a desconsertar!

— Cass — começa Jacob —, a gente sabia que isso poderia...

— *Não* — digo com raiva, me virando para ele. — Eu quase perdi você duas vezes, e isso não vai acontecer de novo. Não vou me despedir. Não está certo. — Eu cutuco o peito dele. — Nós lutamos contra a Morte e vencemos. Então *não*, não vou desistir de você. Você é o Jacob Ellis Hale, é diferente dos outros fantasmas, e o Véu não é o seu lugar. O seu lugar é comigo. E não vou voltar para casa sem você. Entendeu?

Jacob concorda com a cabeça.

Aperto sua mão com toda minha força, como se eu conseguisse dar um pouco da minha vida para ele. Imagino a luz azul-esbranquiçada no meu peito descendo pelo meu braço e passando pelos meus dedos, se enroscando em Jacob como uma corda.

Ele se ilumina um pouco, um pouquinho de cor voltando às suas roupas, à sua pele.

E algo dentro de mim se quebra, porque sei que não é o suficiente.

Ele continua fantasmagórico demais, cinza demais.

E então Lara estica o braço, segura a outra mão dele.

— Vamos, fantasma — diz ela, apertando com força.

Quase vejo a luz vermelha de sua vida se espalhando pelos dedos e alcançando os dele. Só posso torcer para que isso seja suficiente.

Respiro fundo e pego o Véu de novo. E, desta vez, sinto o pano cinza na minha mão. Seguro a cortina com força e a afasto.

De mãos dadas, damos um passo, e caímos.

CAPÍTULO VINTE E CINCO

O sol se põe em Nova Orleans.

Philippa está apoiada no capô do rabecão, arrancando pétalas de uma flor roubada da coroa do caixão. Lucas está sentado no banco do passageiro, lendo um livro.

Olho para minha mão, onde os dedos de Jacob apertavam os meus, mas ela está vazia. Olho para Lara, e Jacob, que deveria estar entre nós, mas sumiu.

Não deu certo.

A tristeza toma conta do rosto de Lara, e ela me puxa para um abraço.

— Sinto muito — diz ela, baixinho. — Sinto tan...

E então escutamos uma voz atrás de nós.

— Que porcaria.

Eu e Lara nos viramos e encontramos Jacob parado ali, com a ponte às suas costas.

Solto um som que é meio risada, meio choro, mas totalmente de alívio, desejando poder abraçá-lo. Porém Jacob nem parece perceber. Ele está ocupado demais encarando as próprias mãos, seu rosto contorcido de irritação. E vejo por quê.

Eu consigo enxergá-lo.

Mas também enxergo *através* dele.

Eu não tinha percebido o quanto ele estava sólido antes, até vê-lo assim. Suas cores estão desbotadas, a pele está no meio do caminho entre cinza e branca. Ele era assim no início, quando começou a me assombrar. Quando olhei da minha cama no hospital e o vi sentado de pernas cruzadas na cadeira para os visitantes.

Quando ele me seguiu até em casa.

Um fantasma.

E nada além disso.

Porém, é óbvio, Jacob é muito mais do que isso. E ele está *aqui*, e nada mais importa. Ele suspira.

— Paciência.

Eu queria poder bater nele, ou lhe dar um abraço, mas me contento com um bate aqui fantasmagórico.

— Ah, aí estão vocês! — diz Philippa, jogando fora o restante da flor enquanto nos aproximamos do carro funerário.

— Cassidy, Lara — diz Lucas, saindo do carro, sua expressão cheia de alívio.

— Que bom ver todos vocês vivos — continua Philippa. — Bem — acrescenta, acena para Jacob —, vocês entenderam. — Ela aperta os olhos, analisando-o. — Você deu uma diminuída, né?

— Você devia ver o que aconteceu com o outro cara — diz ele.

— Rá! — exclama Philippa. — Adoro fantasmas engraçados. Agora, contem tudo! Como foi? O que aconteceu?

Outro carro diminui a velocidade diante da visão de um homem, uma mulher, duas garotas e um rabecão no acostamento da estrada.

— Talvez seja melhor a gente conversar no caminho? — sugere Lucas.

Philippa suspira.

— Tá, tá, mas quero saber de todos os detalhes.

Philippa não precisa dirigir tão rápido no caminho de volta. A vida de ninguém está correndo perigo. Nós temos tempo. Mas isso não a impede de costurar o trânsito na hora do rush.

Lucas apoia as mãos no painel, e Jacob e eu escorregamos mais de uma vez. Lara agarra a porta e faz uma careta. Acho que o passeio na carruagem sem cavalos foi mais tranquilo.

— Philippa — diz ela, olhando para trás. — Você sabe que tem um caixão na traseira?

— É o Fred — respondemos Jacob e eu ao mesmo tempo.

— Excelente — diz Lara, como se isso respondesse a tudo.

Quando o carro funerário cruzou o Bairro Francês e parou diante do hotel Kardec, já tínhamos contado toda a história para Philippa e Lucas. Ele faz anotações no seu livro, mas diz que teremos que conversar com Renée ou Michael para eles fazerem um registro adequado de tudo que vimos e descobrimos.

— Para a próxima vez, talvez — diz ele.

— Próxima vez? — grita Jacob. — Não, valeu.

E, pela primeira vez, concordo plenamente. Não quero ver Emissários ou pontes de novo por um bom tempo.

Eu, Lucas e Jacob saímos do carro funerário, mas, quando me viro, Lara continua lá dentro.

— Você não vem?

Ela balança a cabeça.

— Seus pais achariam estranho — diz ela — se eu dormisse aí pela segunda noite seguida. A Philippa me deixou ficar na casa dela.

— Vai ser divertido — diz Philippa. — O Ametista adora companhia. O Byron, nem tanto.

— Byron é o seu namorado? — pergunto, e Philippa solta uma gargalhada.

— Não, é a minha cobra.

Lara faz uma cara apavorada.

— Tem certeza de que não quer ficar comigo? — pergunto.

Ela engole em seco e balança a cabeça.

— Não, vai ficar tudo bem.

Um carro buzina para o rabecão andar.

— Que falta de educação! — exclama Philippa. — Os vivos não têm o menor respeito pelos mortos. — Ela passa a marcha no carro. — Bons sonhos! — grita ela, indo embora.

Lucas se vira para mim.

— Você vai ficar bem? — pergunta ele.

Engulo em seco e concordo com a cabeça.

— Acho que sim — digo. — Pelo menos por enquanto.

Lucas abre um sorriso calmo.

— Se a história nos ensina uma coisa é como viver no momento presente — diz ele.

Jacob e eu nos despedimos de Lucas e entramos no hotel, atravessando o saguão com a sala de sessões espíritas ainda fechada. Enquanto seguimos para o andar de cima, me preparo para levar um sermão dos meus pais por ter passado tempo demais fora ou saído sozinha por aí. Então fico surpresa quando abro a porta do quarto e encontro silêncio e escuridão.

Eles ainda não voltaram.

— Ufa — diz Jacob.

Ceifador olha para mim com os olhos verdes arregalados, e, por um instante, me pergunto se ele ficou preocupado. Mas então ele vai até sua tigela de comida, e acho que pode estar com fome. Estou ajoelhada para lhe dar ração quando a porta do quarto abre, e meus pais entram.

— Então eu dizia que... ah, Cassidy! Você voltou. Como foi...

Minha mãe para de falar porque me jogo nos seus braços com olhos cheios de lágrimas.

— Cass — diz meu pai, se juntando ao abraço. — O que houve?

Eu quase morri hoje, penso. *Quase perdi meus melhores amigos no mundo depois do Véu. Foi assustador e terrível, mas sobrevivi.* Não posso contar nada disso para eles, então apenas balanço a cabeça.

— Nada — digo. — Nadica de nada. Só senti saudade.

Minha mãe me aperta.

— Está com fome?

— Não — respondo. — Só cansada.

Ela se afasta para analisar meu rosto e balança a cabeça.

— Sinceramente, Cassidy — diz ela, limpando minha bochecha —, como você sempre se suja tanto?

Olho para mim mesma.

— Vejamos — diz Jacob, contando os motivos nos dedos. — Um feitiço fracassado, uma corrida pelo Bairro Francês, um passeio em um rabecão, uma batalha em uma ponte...

— O que houve com a sua câmera? — pergunta meu pai, horrorizado.

Faço uma careta, com medo de olhar para baixo. Eu ouvi os sons dela se quebrando e se estraçalhando, evidentemente, mas não quis ver o estrago.

No fim das contas, é bem ruim.

A lente está toda rachada. A parte de trás quebrou e abriu, estragando o filme. Uma quina está muito amassada depois de ter batido na máscara do Emissário. A alça roxa está esfiapada, o lugar em que

Jacob se segurou ficou com a marca dos seus dedos, e o violeta desbotou tanto que quase virou cinza.

— Eu caí — digo, desejando ter uma resposta melhor, mas contar a verdade provavelmente não daria certo.

— Tem certeza de que você está bem? — pergunta meu pai, mais preocupado comigo do que com minha pobre câmera.

Respiro fundo.

— Agora, estou.

Aperto a câmera quebrada. Ela passou por tanta coisa comigo.

— Não tem problema, Cass — diz meu pai, me puxando para perto. — Coisas podem ser consertadas. Isso nem sempre vale para as pessoas.

— Eu sou um bom exemplo — diz Jacob, se jogando no chão, perto da revista em quadrinhos que está lendo.

Ele tenta virar as páginas, mas nada acontece. Nem uma brisa. Ele geme, gira para deitar de costas. Ceifador se aproxima e se estica ao seu lado, ronronando baixinho, se solidarizando.

— Bom, as gravações terminaram — diz minha mãe. — E ainda temos um dia inteiro. O que vamos fazer amanhã?

— Podemos dar uma volta de carro — sugere meu pai — pela ponte do la...

— Não! — gritamos Jacob e eu ao mesmo tempo, mas eles só me escutam, é óbvio.

Meu pai ergue as mãos.

— Foi só uma ideia. O que *você* quer fazer, Cass?

Penso com cuidado, e então digo:

— Eu voto pelos *beignets*.

— Essa é a minha garota — diz minha mãe com um sorriso.

Meus pais sentam para assistir às filmagens, e eu tomo um banho muito, muito demorado, para tirar o Véu e a Ponte das Almas da minha pele. Depois, me jogo na cama, tão cansada que, quando o sono me encontra, apago de vez, sem nem sonhar.

CAPÍTULO VINTE E SEIS

Os *beignets* continuam deliciosos na segunda prova.

Nós sentamos a uma mesa no Café du Monde, minha mãe conversando com Jenna e Adan sobre as gravações, meu pai debatendo a história da igreja da praça com Lucas. Enquanto isso, eu travo uma batalha com um *beignet*, determinada a não sujar minha calça jeans de açúcar, enquanto Jacob fica fulo da vida (ou da morte), por não conseguir mover a pequena montanha de açúcar de confeiteiro sobre a massa frita.

— Só preciso de tempo — diz ele, franzindo a testa em concentração. — Vou dar um jeito.

Tenho certeza de que vai mesmo, em algum momento, mas ele está debilitado no quesito corporal por enquanto. Desde a ponte, é nítido que seu corpo se tornou mais transparente.

— Trans*lúcido* — corrige ele, emburrado. — Não é a mesma coisa.

E mais sensível, acrescento.

A verdade é que eu meio que gosto de não precisar me preocupar se meu melhor amigo está se tornando um espírito poderoso e potencialmente instável, pelo menos por hoje.

Estamos na segunda rodada de *beignets* quando Lara aparece com Philippa.

Os olhos de Lucas se arregalam. Philippa também parece um pouco surpresa, porém é mais uma surpresa feliz, tipo acordar e descobrir que tem panquecas para o café da manhã. Ou *beignets*.

— Esta é a minha tia Philly — diz Lara, e quase caio na gargalhada.

Seria difícil encontrar duas pessoas mais diferentes do que Lara e Philippa. Lara é certinha, empertigada, toda adulta em um corpo de criança. Philippa, por outro lado, é uma versão adulta da Luna Lovegood. Alegre, excêntrica, meio avoada. Ela está usando um vestido com estampa tie-dye azul e branca que parece uma versão gigante do olho grego, e óculos laranja-fluorescentes.

Minha mãe olha para as duas, um pouco cética, e dá para entender.

Elas com certeza não *parecem* parentes. O cabelo preto brilhante e a pele marrom-clara de Lara contrastam com os cachos loiro-brancos e a pele clara de Philippa, que a fazem parecer mais um fantasma do que uma pessoa.

— Que grosseria — diz Jacob.

— Você é muito jovem para ser a tia da Lara — diz minha mãe.

— Não é? — pergunta Philippa, como se ela também não entendesse.

— Na verdade, é mais como se fôssemos primas de terceiro grau — explica Lara, lançando um olhar recriminador para a médium da Sociedade.

Um olhar que Philippa obviamente não capta, porque diz:

— A gente nem é parente de verdade. Sou só a filha de alguém que casou com alguém... — Ela acena com uma mão, como se o restante não importasse.

— Mas vocês devem ser próximas — diz meu pai. — Para Lara ter vindo de tão longe.

— Somos — responde Lara, mas ela olha para mim ao dizer isso, e sinto uma energia quente no peito, bem no lugar onde fica a espiral. Porque ela veio de muito longe para encontrar uma amiga.

— Ah, *beignets*! — exclama Philippa, e a massa nem chega à sua boca antes de metade do açúcar cair sobre seu vestido. Não que ela pareça se incomodar.

Philippa e Lara pegam mais duas cadeiras e se sentam, e apesar de ser um grupo diverso (dois investigadores do paranormal, dois câmeras, dois membros da Sociedade, duas intermediárias e um fantasma), por um instante, somos apenas um grupo de pessoas, compartilhando doces e histórias.

Em determinado momento, Lara e eu trocamos um olhar. Os adultos estão falando sobre o programa e a pós-produção, e eu pego a mão dela e levanto.

— Nós vamos dar uma volta — digo, puxando-a para o sol, com Jacob em nosso encalço.

— Não vão muito longe — avisa minha mãe.

— Vamos ficar na praça — respondo.

O sol está pegando fogo e brilhante enquanto caminhamos, pulando de sombra em sombra.

— Eu não queria voltar para casa — diz Lara, baixinho. — Um lado bom: a Philippa me levou à Sociedade hoje de manhã, e eles finalmente concordaram em me deixar entrar.

— Que incrível! — digo.

— Bom, vou ser integrante honorária, até completar 16 anos. Mas darei um jeito. É como eu expliquei para Renée, se a morte não distingue jovens e idosos, por que eles fazem isso? E daí se eu tenho 12 anos?

— Não é como se você fosse uma garota normal de 12 anos — diz Jacob, e não sei se isso é um elogio, mas Lara sorri.

— Puxa, obrigada. — O sorriso dela vacila e some. — Tem muita coisa que eles não sabem, muita coisa que quero ensinar, sobre nós e sobre aquele... lugar de ontem. — Ela estremece um pouco. — Eu me senti tão impotente.

— Mas não estava — digo. — Você lutou ao nosso lado, na ponte. Você distraiu o Emissário.

— Depois que você me salvou — diz ela. — Se você não tivesse aparecido lá, no hospital, não sei se eu teria...

Aperto sua mão.

— Mas deu tudo certo.

Lara solta um suspiro pesado.

— Antes, era tão simples ser intermediária. E não me leve a mal, eu *adoro* um desafio, mas, às vezes, sinto saudade da alegria simples de caçar fantasmas. Sem querer ofender, Jacob — acrescenta ela.

— Não ofendeu.

O Véu balança ao nosso redor, trazendo uma nuvem de fumaça e jazz, e sei qual seria o presente de despedida perfeito para Lara Chowdhury.

— Ei — digo. — Você quer pegar um serial killer?

As sobrancelhas escuras de Lara arqueiam. E então ela sorri.

— Por que não?

* * *

— Agora, sim — diz Jacob quando atravessamos o Véu.

Ele olha para si mesmo, nitidamente aliviado por ser um pouco mais sólido deste lado da cortina.

Ao nosso redor, a Jackson Square e uma mistura de fogo e sol, gritos e música. E, quanto mais tempo passo em Nova Orleans, mais entendo que essa melodia estranha e caótica combina com tudo.

Falando em melodias, presto atenção, procurando um tipo de música. Eu a sigo ao redor de carruagens e através de multidões, até chegar à banda de jazz que toca na esquina da praça.

E lá está ele, apoiado no mesmo posto, com o chapéu inclinado para baixo e uma machadinha no ombro. A parte legal dos fantasmas no Véu é que eles tendem a ser bastante consistentes, reencenando as mesmas situações para sempre.

— O Homem do Machado de Nova Orleans — diz Lara, animada.

— Que legal! Você sabia que nunca pegaram ele? Mas imagino que, aqui no Véu, a machadinha meio que o entrega.

— Sua empolgação é meio assustadora — comenta Jacob, mas Lara já está andando para a frente, empunhando seu pingente de espelho.

Jacob e eu corremos atrás dela.

— Com licença, senhor — diz ela, parando fora do alcance de uma machadada.

O olhar do Homem do Machado sai da banda e foca em Lara, nitidamente se irritando com a interrupção.

— Você não percebeu que estou escutando? — resmunga ele.

— Ah, percebi — diz ela. — Mas *você* não percebeu que eu tenho um trabalho para fazer? — Ela ergue o espelho. — Observe e escute — começa Lara, mas o Homem do Machado não devia estar olhando direto para ela, porque tem um vislumbre da luz e percebe que está encrencado.

Ele ergue uma das mãos para proteger os olhos, já se virando.

Mas estou do outro lado, segurando o espelho compacto da minha mãe.

— Veja e saiba — digo, e ele estremece e fica paralisado, seu rosto se contorcendo.

— Isso é o que você é — dizemos ao mesmo tempo, e algo dentro do Homem do Machado parece desligar feito um interruptor.

Todas as cores desaparecem dele, e suas bordas ondulam e afinam, e eu só precisaria esticar a mão e pegar a espiral.

Mas este é de Lara, então aceno com a cabeça para ela e digo:

— Vai em frente.

— Pode ser você — diz ela.

Dou de ombros e ando para a frente, esticando a mão para o peito do fantasma, quando Jacob exclama:

— Espera!

Nós duas nos viramos na sua direção, e ele pula na ponta dos pés, parecendo ansioso e nervoso ao mesmo tempo.

— *Eu* posso fazer isso?

Troco um olhar com Lara. Jacob nunca deu muito apoio à parte da minha vida em que caço fantasmas, o que é compreensível.

— Tem certeza? — pergunto.

Jacob concorda com a cabeça.

— Assim, se você quer mesmo ficar caçando fantasmas para mandá--los adiante, acho que eu deveria ter alguma tarefa, e, como não tenho espelho, a única coisa que dá para eu fazer é essa história de puxar a espiral.

— Tudo bem — diz Lara.

— Fica à vontade — acrescento.

Jacob se aproxima do Homem do Machado. Ele estala as juntas dos dedos e se alonga. Lara revira os olhos, e eu sorrio. Então Jacob respira fundo e enfia a mão no peito dele. Jacob faz uma careta, como se o fantasma fosse uma tigela cheia de uvas sem casca, um monte de macarrão frio. Jacob vasculha dentro do peito do Homem do Machado antes de pegar a espiral e a puxar.

Ela se solta, cinza e farelenta, e Jacob imediatamente a joga no chão, onde se transforma em cinzas.

— Ecaa — diz Jacob, balançando os dedos. — Que *nojo*.

Lara e eu apenas rimos enquanto o Homem do Machado murcha e desaparece. É uma sensação boa, voltar ao normal. Ou pelo menos a nossa versão do normal.

Nós voltamos pelo Véu, um breve momento de frio, logo substituído pelo sol de verão.

Jacob olha para si mesmo e suspira, nitidamente decepcionado com sua transparência.

— Transluscência — resmunga ele enquanto voltamos pela praça.

Mas, quando vejo o Café du Monde, diminuo o passo.

— Lara — começo, com medo de perguntar —, nós matamos o Emissário, não é?

Quero dizer, ele caiu da ponte. A gente o viu cair. Não havia nada lá embaixo, só névoa. E, mesmo assim, não me surpreende quando Lara nega com a cabeça.

— Acho que não é possível matar algo como aquilo — diz ela. — Acho que eles não morrem.

Mordo o lábio.

— Mas ele foi embora, certo? Quero dizer, ele não vem mais atrás da gente.

— Sim — diz ela —, de acordo com a Renée, aquele deve ter ido embora.

— Aquele — repito.

Ela suspira, se virando para mim.

— Acho que ele não foi uma exceção, Cassidy. Com o tempo, outro Emissário vai notar você. Ou a mim. Com o tempo, ele vai voltar e tentar de novo. É isso que a Morte faz. — Eu murcho um pouco só de pensar nisso, me sentindo impotente. Mas Lara não parece desanimada, apenas determinada. — É isso que significa estar vivo. Todo dia, não importa se você é uma pessoa normal ou uma intermediária. Você foge enquanto puder, mas a Morte sempre nos alcança.

Jacob estremece.

— Que conversa ótima.

Mas Lara balança a cabeça.

— Nunca conheci ninguém que fugiu da Morte para sempre. E nunca conheci ninguém que quisesse fazer isso. — Ela segura meus ombros.

— Então, sim, a Morte vai tentar pegar a gente de novo, de um jeito ou de outro. Não podemos viver com medo dela. Isso não seria vida.

CAPÍTULO VINTE E SETE

Quando voltamos ao café, os pratos foram retirados e a conta, paga. Todo mundo está juntando suas coisas, prontos para ir embora. Jenna e Adan são os primeiros a partir. Adan bagunça meu cabelo e abre um raro sorriso. Jenna abre um dos seus muitos colares no pescoço e me dá. O pingente pendurado é uma caveira minúscula de prata.

— Uma lembrancinha de Nova Orleans — diz ela, como se eu pudesse me esquecer deste lugar.

Eles acenam, nos desejam boa sorte, e então se afastam pela praça. Philippa lança um olhar animado ao redor.

— Quais são os planos para hoje? — pergunta ela. — Temos todo o tempo do mundo.

Lara pigarreia.

— Tia Philly — diz ela. — Preciso pegar meu voo, *lembra*?

— Ah, é, tem isso... — Philippa olha para o pulso, apesar de não estar usando um relógio. — Seus pais, o avião, é óbvio. Já está na hora de irmos? — A frase se transforma em uma pergunta no final.

Lara suspira.

— Sim, acho que temos que ir.

— Então tá — diz ela. — Vou pegar o rabecão.

Meus pais se empertigam um pouco. É nítido que eles têm perguntas sobre essa frase, mas resolvem ficar quietos.

— Desculpa por termos tomado tanto do seu tempo com a sua sobrinha — diz minha mãe.

Philippa parece surpresa.

— Sobrinha?

Lara aperta a mão de Philippa com *muita* força.

— Ah, é, bom, a gente se viu bastante. E tenho certeza de que ela vai voltar, agora que é memb...

Lara tosse. Lucas lança um olhar recriminador para Philippa, que se dá conta, um pouco tarde demais, de que estava pronta a revelar sua sociedade secreta para uma dupla de investigadores paranormais.

Ela muda a frase.

— Agora que ela sabe que é muito bem-vinda.

Lucas suspira.

Lara se vira para mim.

— Bem, Cassidy — começa ela, e juro que seus olhos parecem um pouco brilhantes. — Acho que chegou a hora de...

Jogo os braços ao redor dela.

Lara cambaleia um pouco sob a força repentina do abraço.

Jacob se une a nós, e ela geme, resmungando:

— Cai fora, fantasma. — Mas é tão baixo que ninguém escuta.

— Toma cuidado — digo.

— Seja esperta — responde ela, antes de lançar um olhar para Jacob. — E tenta não se meter em encrenca.

Então, cedo demais, ela está indo embora. Uma trança preta perfeita e uma mochila vermelha desaparecendo em meio à multidão.

Eu a observo se afastar, me perguntando quando vamos nos encontrar de novo, quanto tempo passará antes de...

Meu celular apita, e encontro uma mensagem quando toco na tela.

> Lara: Regra #54 da amizade: mantenha contato.

Sorrio e respondo.

> Eu: Também vou sentir saudade.

Meus pais entram na cafeteria para usar o banheiro, e Lucas e eu ficamos sentados em silêncio, enquanto Jacob tenta, em vão, mover o açúcar em cima da mesa.

E então o historiador da Sociedade se inclina para a frente.

— Quase esqueci — diz ele, enfiando a mão no bolso. — A Renée queria que você ficasse com isso. — Ele me oferece um cartão de visitas todo preto, e só enxergo o símbolo da sociedade quando ele reflete a luz. — Caso aconteça algum problema. — Ele enfia a mão no outro bolso. — E o Michael mandou isto — diz ele, me entregando um saquinho de veludo branco. Continhas balançam no interior. — Caso aconteça algum problema — repete ele, e despejo as continhas na minha palma, vendo que todas são marcadas com os círculos preto, azul e branco do olho grego. — E isto — diz Lucas, oferecendo uma caixa metálica —, é o meu presente.

Abro a caixa. Lá dentro, encontro um cordão de couro resistente com um pingente de espelho novo em folha pendurado, sua superfície tão polida que brilha.

— É perfeito — digo, colocando o cordão no pescoço e guardando o espelho sob a camisa. No momento em que ele se acomoda lá, me sinto melhor. Como se eu estivesse tentando me equilibrar em um pé, e agora colocasse os dois com firmeza no chão. — Obrigada, Lucas.

Meus pais voltam para a mesa.

— E o senhor, professor Dumont? — pergunta minha mãe. — Temos mesmo que nos despedir?

Lucas sorri e levanta, sem nenhum resquício de açúcar.

— Infelizmente.

Ele aperta a mão da minha mãe, depois do meu pai, e então a minha antes de sair andando na direção da Fio & Osso.

Minha mãe, meu pai, Jacob e eu atravessamos a Jackson Square, passando por músicos com estojos abertos, pessoas vendendo amuletos, uma mulher toda vestida de branco, imóvel como uma estátua, e...

— Quer tirar suas cartas?

Eu me viro e vejo um homem em uma mesa dobrável, com uma pilha de cartas de tarô viradas para baixo no centro.

— A primeira é de graça.

E eu estaria mentindo se dissesse que não fico nem um pouco curiosa, que meus dedos não coçam na direção das cartas da mesma forma que fazem com o Véu, com um misto de medo e animação para descobrir o que existe do outro lado.

Mas não há como saber o que o futuro reserva, e, mesmo se houvesse, eu não iria querer saber.

— Não, obrigada — respondo, balançando a cabeça.

Meus pais olham para trás, se perguntando o que aconteceu comigo, mas eu os alcanço, e vamos andando, dois pais, uma garota e um fantasma.

Meu pai segura minha mão, minha mãe passa um braço pelos meus ombros, e Jacob corre na nossa frente, desviando dos turistas.

O Bairro Francês é desordenado e iluminado ao nosso redor, uma mistura de músicas e risadas, do agora e do Véu, de vivos e mortos. E sei que o futuro é incerto, que a Morte vem para todos. Mas, ao caminhar sob o sol de verão e trechos curtos de sombra, me sinto mais leve do que em muito tempo. Quem sabe o que nos aguarda depois do Véu?

Por enquanto, o fato de eu estar viva já me deixa feliz.

Este livro foi composto na tipografia Sabon LT Std,
em corpo 11/17, e impresso em papel pólen
soft 80g/m² no Sistema Cameron da
Divisão Gráfica da Distribuidora Record.